夏の夜の悪夢

いばきょ&まんちー2

Michiru Fushino

椹野道流

CHARADE BUNKO

Illustration

草間さかえ

CONTENTS

第一章　夏の風物詩

「うう、あっついな……」

耳鼻科の医局から一歩廊下に出た途端、京橋珪一郎《きようばしけいいちろう》は思わず呻《うめ》き声を漏らした。

ここ数年、夏になると、世間の省エネルギー推進の波に乗り、彼の職場であるK医科大学全館においても熱心な節電運動が展開されている。

エアコンの温度を二十八度設定で全館統一するのは当然のことで、その他にも、「長時間席を立つときは、デスクライト、PC、顕微鏡の電源を切って！」「トイレを出るときは消灯のこと」「冷蔵庫・フリーザーは開けたらすぐ閉める！」などなど、「お母さんか！」とツッコミを入れたくなるような病院の事務局特製ミニポスターが所構わず貼《は》りつけられている。

無論、電気の浪費はよくないことだし、節電を心がけるのは当然だが、今年から始まった「病棟・外来以外の通路の空調は終日切る」というのは、いくらなんでもやりすぎだと思う京橋である。

京橋たち医師は、診療と共に医大生の教育という仕事も少なからず受け持っている。つまり、一日のうちに、外来、医局、カンファレンスルーム、病棟、講義室、図書館と、大学敷地内を目まぐるしく移動しなくてはならないことが多い。

そのたび、室内と通路、そして通路と屋外という激しい気温差を体感しなくてはならず、それがボディブローのようにジワジワと身にこたえるのだ。

京橋だけではなく皆が同じ思いをしているらしく、彼が所属する耳鼻咽喉科では、温度差が原因で体調を崩す医局員が続出している現状だ。七月八月は皆が交代で夏休みを取るため、ただでさえ人手が足りないというのに、夏風邪《なつかぜ》による欠勤で、さらに業務が混乱を来《きた》している。

京橋は今のところ無事だが、それでもこうして部屋の出入りを繰り返すたびに、あからさまに体力気力を削られている気がしてならない。

「とはいえ、我慢するより他ないよな。ああ、駄目だ。患者さんに、こんなくたびれた顔見せちゃ、不安にさせちゃうよ」

両手で頬《ほお》をぺちんと叩《たた》いて気合いを入れ、京橋は三つほど開けたままにしていたケーシーのボタンを留めながら、エレベーターホールへ向かって溌溂《はつらつ》とは言いがたい足取りで歩いていった。

病棟で乗り継いだエレベーターには、先客も、一緒に乗り込む人もいなかった。

ストレッチャーが入るというのが病院のエレベーターの絶対条件なので、ひとりぼっちで乗っていると、庫内のだだっ広さがどうにも落ち着かない。それこそ電気の無駄遣いをしているような罪悪感を覚えるが、これぱかりはどうしようもないことである。

とうとう誰も乗ってこないまま、エレベーターは最上階である十三階に停《と》まった。

扉が開くと、そこは他の病棟と違い、まるでホテルのロビーのような空間になっていた。

（いつ見ても、凄《すご》いな）

京橋は半ば呆然《ぼうぜん》としながら、エレベーターから一歩出たところで周囲を見回した。

床には毛足こそ短いが上質のカーペットが敷き詰められ、天井の照明も、他のフロアのような蛍光灯ではなく、地味ながらも瀟洒《しょうしゃ》なシャンデリアである。

正面にあるナースステーションのカウンターも、自然木の色合いを生かした優しい曲線を描いたもので、美しいプリザーブドフラワーが飾られていた。

この十三階は、フロア全体がいわゆる「特別病棟」である。

差額ベッド代が嵩《かさ》んでも、快適な個室で入院生活を送りたいという入院患者の要望の高まりに応《こた》え、K医科大学がかなり思いきった投資をして大規模なリフォーム工事を敢行し、先々月、それが終わったばかりだ。

他の病棟は診療科ごとに分かれているのだが、特別病棟だけは、その性質上、あらゆる科の患者が集う。京橋も、担当する患者がここに入院したので、初めてこの特別な場所に通うこととなった。

(マジで、高級ホテルみたいだ)

京橋の視線は、なんとも忙《せわ》しなく彷徨《さまよ》っている。

このフロアに来ると、彼はどうにも落ち着かない気分になるのだ。

空気清浄機能つきのエアコンが稼働しているため、このフロアだけは病院独特のなんとも言えない臭気がしないし、ナースステーション脇の談話スペースには、革張りのいかにもやわらかそうなソファーや美しい大理石のテーブルが置かれている。そこでくつろぐ入院患者の身なりも顔つきも、病人というより、どこかの会社重役がスパにでも来ているような雰囲気だ。

ナースステーションに詰めている看護師たちも、院内から特に経験豊かで優秀な者ばかりが選《よ》りすぐられている上、ユニフォームまで、他の病棟とは違う。患者に威圧感や緊張を与えないよう、デザインはナース服というよりはこざっぱりしたワンピースの趣、色も淡いピンクという気の配りようである。

本来、病院は医師である京橋のホームグラウンドであるはずなのに、この特別病棟にいるときだけは、凄《すさ》まじいアウェー感、もっと正直に言えば、場違い感すら覚えてしまう。

とはいえ、いつまでも気後れしているわけにもいかない。

ナースステーションに一声かけて、担当する患者のもとへ行こうと歩き出した京橋は、通路からこちらに向かって歩いてくる男性の姿に、パッと顔を輝かせた。

それは、アメリカ留学中に知り合い、まるで兄のように京橋の面倒を見てくれた上、帰国してからもずっと親しいつきあいが続いている同門の先輩、消化器内科の楢崎《ならさき》千里《ちさと》医師だったのである。

豪華な雰囲気に馴染《なじ》めずオドオドしている京橋とは対照的に、合わせがダブルのパリッとした白衣を纏《まと》い、首に聴診器を引っかけた楢崎は、貴公子のように堂々とした足取りで歩いてくる。電子カルテ閲覧・記載用のノートパソコンを載せたワゴンを押し、後ろに従うポリクリ学生が、まるで慎《つつ》ましやかな従者のようだ。

「おう、チ……京橋先生か」

京橋に気づいた楢崎は、実にエレガントに片手を軽く上げた。京橋に呼びかけようとして、ふと口ごもって言い直し、苦笑いする。

チ……というのは、おそらく「チロ」と言いかけたのだろう。

留学中、アメリカの同僚たちに、京橋はチロと呼ばれていた。珪一郎の一部を抜き出したシンプルな呼び名なのだが、楢崎は、その名に別の意味合いを持たせてしまった。彼は、「慣れない外国生活で途方に暮れているさまが、飼い主とはぐれてしまった小犬そっくりだった」と笑い、京橋のことを「小犬のチロ」と呼んでからかったのだ。

その他愛ないからかいは今も続いていて、周囲に人がいないとき、楢崎はいまだに京橋を「チロ」と呼ぶ。そのたび「やめてくださいよ」と文句を言いはするものの、病院では「クール・ビューティ」の異名を取るほど冷徹な楢崎が見せてくれる子供っぽい親愛の情がくすぐったくて、つい受け入れてしまう京橋なのである。

「楢崎せ……んせい。来てらっしゃったんですね」

京橋のほうも、うっかりいつものように「先輩」と呼ぼうとして、背後のポリクリ学生のことを思い出し、危ういところで言い繕った。

どうもこのままでは話しにくいと思ったのか、楢崎は背後の学生をちらと振り向き、声をかける。

「先に医局に戻って、レポートを仕上げろ。今日は昨日のように、夜の九時までつきあってやったりはせんぞ。六時までに、俺の机の上に置いておけ」

「は……はいっ」

学生は緊張しきった顔つきで一礼すると、足早に立ち去った。

実習学生に対する楢崎の態度は、苛烈なまでに厳しい。人の生死に直結した仕事の現場に立ち入る以上、実習生であろうと性根を据え、医療従事者の端くれとしてベストを尽くすべきだというのが、彼の持論なのだ。

その一方で、学生が真剣である限り、どんなに自分の仕事が立て込んでいても時間を作って相手をするし、努力した分きっちり評価してくれるということで、ポリクリ後の学生アンケートでは常に人気上位にランクインしている。

もっとも、女子学生から人気があるのは、彼の「クール」よりは「ビューティ」のほう、つまりインテリを絵に描いたような、涼しげに整ったルックスが理由かもしれないが。

「相変わらず、厳しいですね。学生さん、ちゃんと階段を使ってるし。あれも楢崎先輩の指導でしょう?」

京橋がそう言うと、楢崎はつまらなそうに小さく笑い、指先で眼鏡《めがね》を押し上げた。

「当たり前だ。近い将来、体力勝負の研修医になろうって奴が、十三階まで階段で行き来できないようでどうする」

自分はちゃっかりエレベーターを使ったに違いないであろう楢崎は、涼しい顔でそう言い、学生が置いていったワゴンを引き寄せた。

「それにしても暑いな。夏バテは大丈夫か? なんなら、よく効く注射を打ってやるぞ」

そんな内科医ならではの軽口に、京橋も笑って答える。

「いえ、俺は元気なんで。茨木《いばらき》さんも元気にしてますよ」

「あいつの健康状態など、俺は知りたくもない」

ぶっきらぼうに吐き捨て、楢崎はワゴンを押してナースステーションに入っていく。

茨木というのは、京橋の同居中の恋人、茨木畔《くろ》のことである。

京橋としては、楢崎と茨木が仲良くしてくれれば嬉《うれ》しいのだが、二人の関係は、どうにも険悪だ。

楢崎としては、可愛《かわい》い後輩を知らないうちに横からかっ攫《さら》った不届き者という悪印象があり、茨木のほうも、自分が知らない留学中の京橋を知っている先輩面の男が面白くないらしい。

こうして二人だけのとき、楢崎は茨木を悪《あ》し様に言うし、茨木も楢崎についてポジティブなことは滅多に言わない。両方からの悪口雑言を聞かされる京橋はたまったものではないのだが、最近ではさすがに慣れて、どちらも適当にいなせるようになってきた。

そもそも、両者共に死んでも認めないだろうが、知性的で他人からは冷静沈着だと思われていて、リーダーシップが取れて、弁が立つ……と、やたら共通点が多い二人なのである。たまたま京橋を挟んでいるという関係が成立しているので余計に気が合わないだけで、互いをいけすかなく思うのは、いわゆる同族嫌悪だと京橋は思っている。

「また先輩はそんなこと言って。しばらく会ってないけど、間坂《まさか》君は元気ですか？」

背後からそう訊《たず》ねると、楢崎の白衣の肩がピクリと動いた。

間坂君というのは、楢崎の同居人、間坂万次郎《まんじろう》のことである。

楢崎と万次郎は、医師と患者という関係で出会い、そのときに万次郎が楢崎に一目惚《ひとめぼ》れしたことから、つきあいが始まった。

といっても、年齢も社会的な立ち位置も違いすぎる二人が共に暮らすようになるまでは、さまざまなことがあったらしい。

楢崎は万次郎に何も告げずにアメリカ留学に旅立ったし、そんな楢崎を、万次郎は一年間、ほぼ毎日マンション前で待ち続けたという恐ろしいエピソードを、京橋はかつて万次郎から聞いたことがある。きっと、それ以外にも本当に……色々、あったのだろう。

おそらく誰が見ても、今の二人の関係は恋人同士だと思うだろうし、実際どう考えてもそうなのだが、当の楢崎だけが、万次郎はただの居候だといまだに言い張っている。

十歳も年下の万次郎に口説《くど》かれまくり、うっかりほだされて自宅に迎え入れてしまった結果、今や家事のすべてを万次郎に掌握され、彼なしでは生活できない身の上になってしまったなどと、楢崎は意地でも認めたくないのだろう。

そんなプライドの高い楢崎に対して、万次郎のほうは、あまり物事にこだわらない大らかな性格で、楢崎が二人の関係をどう表現しようと、まったく気にしていない。居候でもなんでも、とにかく楢崎の傍《そば》にいて世話を焼くことができるというのが、万次郎にとっては最高の幸せであるらしい。

まったくもって、奇跡的なまでに「破《わ》れ鍋《なべ》に綴《と》じ蓋《ぶた》」な二人の関係を、京橋はなんとも微《ほ》笑《ほえ》ましく、時に奇妙に思うのだった。

「馬鹿者、職場であいつの話を持ち出すな」

楢崎は苦々しい顔つきでそう言ってから、「元気に決まっている」と早口の小声でつけ加えた。

「よかったです」

京橋も囁《ささや》き声で応じ、楢崎についてナースステーションに入った。

「あっ、楢崎先生、お疲れ様です。京橋先生も」

二人に気づいて真っ先に席を立ったのは、受付に座り、夕食時の投薬に備えてそれぞれの患者のために錠剤やカプセルを揃《そろ》えていた看護師の米山琴美《よねやまことみ》だった。

まだ三十歳になったばかりで、他の看護師に比べれば経験は浅いし、看護のテクニックも熟練しているとは言いがたい。しかし看護師になる前、会社で秘書職をやっていた経験があり、人当たりのよさを評価されてこの病棟に配属された人物だ。秘書時代にそういうトレーニングも受けたらしく、髪型やメイクが実に控えめでありながら上品な華があり、患者からも男性スタッフからも人気が高い。

他に数人いる看護師たちも、楢崎と京橋に目礼したが、それぞれの仕事に忙しく、近づいてこようとはしなかった。

「楢崎先生、八号室の山中《やまなか》さん、如何《いかが》でした？」

琴美に愛想よく問われ、楢崎はいつもの冷ややかな調子で答えた。

「今回は、前回のようにさんざん増悪させてからの再入院ではなく、症状が再発してすぐ来てくれたからな。投薬だけで腸管の炎症はかなり落ち着いているし、幸いなことに外科の出番はなさそうだ。本人も、早めに病院に来ることの大切さを実感している。これといって問題はなかろう」

「そうですね、前回は早く退院させろって大騒ぎしていらしたそうですけど、今回、特別病棟がよっぽど快適みたいで、なんだかご機嫌でお過ごしですし」

「そのようだな。ただ、調子に乗りやすい患者だから、油断しないように。俺が許可するまでは病院食以外のものを絶対に口にしないよう、目を光らせておいてくれ。ワンマンな亭主なんだろう、奥さんは強く言えないようだから、ナースがガツンと叱《しか》ってやれ」

「あら、でもこの病棟の患者さんをガツンと叱るなんて……」

「かまうものか。ああいう手合いはたいてい、勝ち気な女が好きなものだぞ」

冗談とも本気ともつかない楢崎の台詞《せりふ》に、琴美はこちらも「なるほど」と小さく笑った。

「わかりました。ミーティングで、皆さんにも周知しておきます」

「ああ、頼む」

ノートパソコンに向かい、カルテに今日の診察所見を打ち込みながら、楢崎はあくまで事務的な口調で話し続けている。真剣な横顔を琴美にうっとりと見つめられているのだが、その熱を帯びた視線に気づく様子もない。あるいは、気づいていても平気で受け流しているのだろう。

（俺ならきっとドギマギしちゃうだろうけど、先輩は滅茶苦茶《めちゃくちゃ》もてるから、この程度の視線は慣れっこなんだろうな。それに今は、間坂君がいるし、他の人に気持ちが動いたりはしないよな）

そんな楢崎の恋愛事情を知らない琴美に内心同情しながら、京橋は別のステンレス製ワゴンに置かれたノートパソコンを立ち上げ、自分の患者のデータを呼び出した。この一日の看護記録をチェックして、満足げに頷《うなず》く。

「うん、橋口《はしぐち》さんの術後の経過は順調だな。形成外科の山本《やまもと》先生、今日はもう来られた？」

「いえ、今オペに入ってらっしゃるので、少し遅い時間にいらっしゃるって連絡が」

「そっか。ちょっと相談したいことがあるから、先生が病棟に来られたら医局に電話をもらえるかな。すぐ上がるよ」

「わかりました。京橋先生、今から橋口さんのガーゼ交換をなさるんですよね？　準備します」

琴美は手際よく、処置用のステンレスワゴンに器具や薬剤を揃え始める。特別病棟はすべて個室、しかも他の病室に比べると部屋の面積が広いので、当然、患者の数も極端に少ない。他の病棟と違って、消耗品や薬剤の管理もさほど煩雑ではないようだ。

「あっ、そうだ、そういえば……」

琴美は素早く周囲を見回し、他の看護師がすぐ近くにいないことを確かめてから、楢崎と京橋に抑えめの声で話しかけた。

「先生方、十三号室の話はもう聞かれました？」

「十三号室？」

楢崎と京橋は、同時に病室番号を復唱して琴美のほうを見る。琴美はちょっと悪戯《いたずら》っぽく俯《うつむ》きがちに笑って、ワゴンを押し、二人により歩み寄った。処置の準備をしているという体裁を保ちつつ、秘密めいた打ち明け話をしたいという意図は明らかだ。

「看護師長がいるときにこの話をすると怒られちゃうんですけど……実は十三号室、出るっぽいんですよ」

ヒソヒソ声で告げられた「出る」という言葉に、楢崎は右眉《まゆ》を軽く上げた。それだけで軽い侮蔑《ぶべつ》の表情が作れるのだから、器用としか言いようがない。

「なんだ、幽霊話か？　くだらん。病院では珍しくもないぞ。もはや古典の領域だ」

あからさまに小馬鹿にした様子の楢崎に対して、京橋は、両手を胸の前に突き出し、ぶんぶんとかぶりを振る。ただ、大声を出していい話題ではないので、声だけは囁きレベルなのがアンバランスで可笑《おか》しい。

「ちょ……やめてくれよ、いきなり。いくら夏だからって、こんな綺麗《きれい》なフロアで怪談なんてあるわけないだろ！」

実に対照的な反応だが、両者共、「幽霊が出る」ことについては信じていない、あるいは信じたくないという点においては同じである。そこで琴美は、近くの談話コーナーにいる患者たちには決して聞こえないよう、いっそう声を低くして強調した。

「でも、ホントなんですよ。だってたった二ヶ月のうちに三人目ですもん。あの部屋から患者さんが逃げ出しちゃったの」

「逃げ出した？」

最後の一言には、少しなりと興味を引かれたらしい。楢崎はそこでようやく視線を琴美に向けた。

琴美は主に楢崎に視線を据えたまま、女子高生の内緒話のような調子で言った。

「そうなんです。しかも、皆さん同じことをおっしゃって。深夜、眠ってたら、枕元《まくらもと》で声が聞こえるんですって」

「はっ。古典的な『病院の怪談』だな。深夜に女の声、深夜に病室を走り回る子供、深夜に誰もいないはずの病室で押されたナースコール、屋上から誰か飛び降りたはずなのに、地面には誰もいな……」

「ちょ、やめてくださいよ楢崎先生！　俺、マジでそういう話、嫌なんですってば」

京橋は本当に顔色を悪くして、楢崎の話をやや乱暴に遮る。

琴美の話より、むしろそんな京橋の極端な怖がりようが面白かったのだろう。楢崎は、悪い猫のような笑みを浮かべ、琴美に先を促した。

「よし、特別に耳を傾けてやろう。その十三号室の幽霊の声というのは、具体的にどんなものなんだ？　痛いだの苦しいだの恨み言を言うのか？」

「ちょ、樒崎先輩……！」

焦って、琴美の前だということを忘れ、京橋はいつもの調子で樒崎を制止しようとする。だが琴美は、樒崎が興味を示してくれたことが嬉しくてならないらしく、青い顔の京橋などおかまいなしの笑顔を見せた。

「女性の声だそうです。ただ、とても微《かす》かな声が切れ切れに聞こえるだけなので、何を言っているかはよくわからなかったんですって」

「……ほう？」

「時刻も同じなんですよ！　患者さんたちは三人とも、だいたい午前一時頃にナースコールを押されて、駆けつけた私たちに、『部屋の中に女がいる。確かに声を聞いた』って訴えられたんです」

樒崎は腕組みして、冷ややかな笑みで応じる。

「ほほう。それで？」

「灯《あか》りを点《つ》けて調べるんですけど、もちろん女の人なんてどこにもいませんでした。きっと夢ですよって言って落ち着かせて、どうにかお休みいただきました。でも翌日、また同じくらいの時刻に、また声が……って」

「おい……なんだよそれ。誰もいないんなら、君が言うように夢か、気のせいだろ！」

京橋はムキになってそう主張したが、琴美は軽い膨れっ面で即座に言い返す。

「ひとりだけならそうかもしれませんけど、同じことをおっしゃる方が、特別病棟がオープンして、たった二ヶ月で三人ですよ？　気のせいじゃ済みません」

「うっ……うう、けど！」

「それで『薄気味悪い、病室を替えてくれ！』ってことになって、皆さんフロアの他の病室に移っていただくことに……」

楢崎は、ふと笑いを引っ込め、訝《いぶか》しげに問いかけた。

「うむ？　他の病室に移れば、女の声とやらは聞こえなくなったのか？」

琴美は、勢い込んで大きく頷く。

「そうなんですよ！　十三号室だけなんです。違う病室に入ってからは、皆さん、心安らかにお過ごしでした」

「ふむ。てっきり、入院生活による軽い譫妄《せんもう》か不安症状かと思っていたが、三人揃って別室へ移ればOKとなると、事情がいささか変わってくるな」

楢崎は、鋭角的な顎《あご》に手を当てた。どうやら、それなりに琴美の話に興味をそそられたらしい。京橋としてはとっとと病室へ行ってしまいたいのだが、楢崎が話を聞く姿勢になってしまっては、後輩の自分だけ素っ気なくこの場を去るわけにはいかない。

「いや、でも、その女の声を聞いたの、三人だけだろ？　他にも十三号室に入った患者さんはいるんだろうし、女の声を聞いてない人もいるんじゃないのか？」

平静を装ってツッコミを入れた京橋に、琴美は唇を尖《とが》らせる。

「そりゃそうですけど。全然問題なくお過ごしになって、退院なさった患者さんももちろんいらっしゃいます」

「あと、君たちスタッフの誰かひとりでも、その女の声ってやつを聞いたのか？」

京橋の追い打ちに、琴美は少し悔しそうにかぶりを振る。

「……いいえ。ナースコールで駆けつけたときにはもう、声はやんでいて……」

「ほら！　だったら、やっぱり患者さんの気のせい……」

京橋は勢い込んで畳みかけようとしたが、それをあっさり遮ったのは檜崎だった。

「いや、そうとは限らん。彼女の言うように、一人ならともかく、三人だ。無視できない数ではある」

「でしょう！　ああ、やっぱり十三ってのがいけないんでしょうか。さすがに四号室と九号室は、『死』と『苦』を連想させるってことで最初から存在しないですけど、十三号室は、キリスト教の国の人にだけ不吉なんだと思ってました」

琴美は上品なベージュの口紅を引いた唇に、人差し指を添えて考え込む。自分が可愛らしく見えるよう計算し尽くしたポーズだ。

しかし楢崎は、小さく肩を竦《すく》め、ノートパソコンを閉じた。

「部屋番号は関係あるまい。考えてみれば、リフォームしたばかりの病室に幽霊が出るというのも妙な話だ。まだあの病室では、リフォーム後は誰も亡くなっていないんだろう?」

琴美は少し考えてから頷く。

「ええ、どなたも。言われてみれば、確かに不思議ですよねえ。だけど患者さん以外どなたもいないはずの病室で女の人の声なんて、幽霊以外に考えようがないでしょう?」

「どうだかな。俺は消化器が専門で、怪談は門外漢だ。なんとも言えん。……まあ、少しは面白い話だったな。何より、京橋先生がそんなに怪談嫌いだとわかったのが収穫だ」

わざと「先生」を強調し、いかにも意地悪な笑顔でそう言われて、京橋は顔を真っ赤にした。

「そ……それは……っ」

琴美のほうは恨めしげに楢崎を軽く睨《にら》んだ。

「面白いだなんておっしゃって。けっこう深刻なんですよ。せっかくの特別病棟なのに、こんなことでケチがついて患者さんが減ったらどうしようって、みんな困ってるんですから。いっそお祓《はら》いに来てもらおうか、なんてことまで相談していますのに」

「やめておけ。それこそ悪い評判が立ちかねん。酒の席で、特に面白いゴシップについて口

が軽くなるのは、我々も坊主も神職も同じだぞ。酔っぱらいに守秘義務など期待できん」

　白衣の二の腕に置かれた琴美の手をさりげなく払いのけ、彼女……正確には彼女の話にすっかり興味をなくした体《てい》の楢崎は、まだ引きつった顔の京橋を見た。

「それより、とっとと京橋先生と処置に行ってこい。俺は医局に戻る。何かあったら、内線で頼む。おい、お前はそんな青い顔で病室に行くなよ。患者が不安発作を起こすぞ」

　そう言って、楢崎は両の手のひらでパンと京橋の頰を叩き、ナースステーションを出ていってしまう。

「誰のせいですかっ！」

「もう、楢崎先生ったら、ちっとも本気にしてくださらないんだから！」

　異口同音に楢崎に抗議する京橋と琴美に背中越しに右手を振り、楢崎は振り返りもせずエレベーターに吸い込まれていく。

「まったくもう！」

　憤然とする京橋に向かって、琴美は不満顔のままで念を押した。

「ホントなんですからね？　確かに私たちは誰も声を聞いてませんけど、気のせいとも偶然とも思えないですから、きっとあの病室には本当に、本当に、女の幽霊が出るんですからねっ！」

「そんなに力強く、俺に断言しなくってもいいだろ！　楢崎先生に言えよ。ほら、橋口さんの処置、行こう。仕事、仕事！」

京橋はますます情けない顔で、逃げるように病室へ向かった……。

＊　＊

その頃、間坂万次郎は、勤め先の食堂「まんぷく亭」の営業を終え、翌日の仕込みをしていた。

店の営業は昼のみなので、だいたい最後の客を見送ってのれんを下ろすのは午後二時頃である。

最近は歳《とし》のせいか、少し疲れやすくなってきたマスター夫婦にはしばらく奥で休憩してもらい、その間に万次郎が仕込みをして、終わったら三人で店の内外を清掃する……というのが、ここ数ヶ月で定着した流れだった。

今日はおかみさんが閉店後すぐ友達と観劇に出掛けたため、店に残っているのは万次郎とマスターだけである。

明日は日替わり定食の小鉢が肉じゃがなので、万次郎はジャガイモの皮をピーラーで景気よく剝《む》いていた。

皮を剝いたジャガイモを必要な大きさに切り分け、大きなボウルに水を目いっぱい張った中に一晩浸《つ》けておく。そうすると旨味《うまみ》が抜けることもなく、翌朝、スピーディに調理に取りかかれるのだ。

　ジャガイモが済んだら、タマネギも皮を剝き、切ってから冷蔵庫に入れておく。糸コンニャクの下茹《ゆ》でもやってしまう。

　昼しか営業しない「まんぷく亭」を訪れる客のほとんどは、学生にせよ社会人にせよ、短い昼休みを使って来てくれるので、待ち時間を極力短くしなくてはならない。小さな定食屋にとっては、下ごしらえはまさに命綱なのである。

　大きな身体《からだ》を驚くほど機敏に動かし、万次郎は次々と作業をこなしていく。……と、ガラガラと店の引き戸が開く音に、彼は手を止め、厨房《ちゆうぼう》から顔を出した。

「すいません、今日はもうしまいで……あっ、あれ？」

　引き戸を身体の幅だけ開き、店の中に頭を突っ込んでいるのは、見知らぬ人ではなかった。すぐ近くの「とことこ商店街」の振興組合長を務めている原田《はらだ》という人物である。

　原田は親の代から商店街で八百屋を営んでおり、七十歳を過ぎた今も、小柄な瘦軀《そうく》をフル稼働して仕事に励んでいる。

　まんぷく亭で使う野菜のほとんどは原田の店から仕入れているし、原田本人も月に何度かは店を訪れて食事をしていってくれるので、万次郎ともすっかり心安い。もとい、万次郎にとっては、普段使わない野菜の調理法やいい野菜の見分け方を教えてくれる、大事な師匠のひとりでもある。

「原田さん？」

慌ててエプロンで手を拭《ふ》きながら出てきた万次郎に、原田は愛用の野球帽のつばを軽く上げ、日焼けした顔でニヤッと笑った。

「よう、万次郎。またでっかくなったんじゃねえか？」

「さすがに、身長はもう伸びないって。マスターに用事？」

「おう。いるかい？」

「おかみさんは出掛けたけど、マスターは奥で休んでるよ。どうぞ」

万次郎が店の奥にある扉を指すと、原田は勝手知ったる他人の家とばかりに店内に入ってきたが、すぐに奥へ向かおうとはしなかった。万次郎の作業の具合を窺《うかが》うように、大きな身体越しに厨房をちらと覗《のぞ》く。

「お前は仕事中か。ちっと、時間もらえねえか？」

万次郎は、意外そうに自分を指さした。

「へ？　マスターじゃなくて、俺に用事なの？」

閉店後に来るときはたいてい、原田の目的はマスターとの将棋である。今日もてっきりそうだと思っていたら意外な言葉を聞いて、万次郎はギョロ目を丸くする。

「いや、両方に用事だ。手が空いたら、奥に来てくれや」

いつもはくしゃっとした笑顔がトレードマークの原田なのに、今日はやけに真剣な顔つきでそう言うと、「邪魔するぜ」という言葉と共に店の奥へ入っていく。

「どうしたんだろ。なんか変だな」

万次郎は首を捻《ひね》りながらも、残りのイモの皮剝きをとりあえず済ませてしまうべく、厨房へ急いで戻った。


「ごめんね、お待たせ！」

ほどなく、奥の茶の間に万次郎が行くと、マスターと原田はちゃぶ台を囲んで座布団に胡座《あぐら》をかいていた。

「おう、まんじ。こっちに座れ。八百政《やおまさ》が、珍しく真面目《まじめ》な話をしに来たんだってよ。明日は大雨だぞ」

座布団の上に胡座をかいたマスターは、そう言って可笑しそうに笑った。八百政というのは、原田の店名であり、ひいては彼自身の通称でもある。

「うるせえよ、まんぷく。俺だって、たまにゃあ真面目な話くらいするってんだ。ほら、とっとと座れ、万次郎」

原田はこちらもすっかりくつろいだ姿勢で、万次郎を手招きした。野球帽を脱いで傍らに置き、短く刈り込んだごま塩頭を露出しているので、マスターと並ぶと、まるで体格といい髪型といい、双子のように見えるのが万次郎には面白い。

「ちょっと待って。お茶くらい淹《い》れるよ」

万次郎はそう言ったが、原田はせっかちに畳をバシバシ叩いた。

「茶なんぞ要《い》らねえから、座れって。早く！」

「おい、ここはてめえの家じゃねえぞ、八百政。まあでも、座ってやれ、まんじ。お茶はあとでいいからよ」

ともにこのあたりで生まれ育った二人だけに、喋《しゃべ》り方までそっくりである。まんじは目をパチクリさせながら、二人から等間隔の場所に胡座をかいた。頭に巻いていたタオルを外し、顔と首筋の汗をゴシゴシ拭いて、ちょっとかしこまって背筋を伸ばす。万次郎自身はちょっと水でも飲みたい気分だったが、とにかくまずは原田の話を聞くより他なさそうだ。

「実はだなあ」

原田は一つ大きな咳払《せきばら》いをして、少し悲しげな顔つきでこう切り出した。

「お前も知ってるだろうけどよ、万次郎。最近はうちの商店街にあんまし元気がねえだろう？　原因は色々と心当たりがあんだけどよ。せっかく団地がいくつか建ったのに、肝心の客はスーパーに流れちまってなあ。商店街の振興組合でも色々盛り上げ策を相談するんだが、今一つ反応が鈍くてな」

最近町内に増えたマンションのことを昔風に「団地」と言って、原田は微妙に肩を落とした。

「あー……」

万次郎は返答に困り、思わずマスターを見る。

確かに、いかにも古き良き昭和の雰囲気を持つ「とことこ商店街」だが、最近では各店舗の経営者の年齢層が上がり、いささか活気に欠けるところがある。子供が跡を継がないからと店を畳む人もチラホラ出てきて、このままではいわゆるシャッター商店街になりかねない。そうした下り坂の雰囲気を感じとってか、この数年で客足も徐々に遠のきつつあるようだ。客である万次郎ですらそんな印象を持っているのだから、商店街の振興組合長である原田は、もっと強い危機感を抱いていることだろう。

万次郎の訴えるような視線に、マスターも困り顔で頭を掻《か》いた。

「まあ、なあ。時代の流れってやつがあるからな。ほれ、よく言うだろ。形あるものは必ず壊れるとかなんとかよう。別に、商店街だけの話じゃねえ」

おそらくは原田を慰めようと発したそんなマスターの言葉に、原田は不機嫌な面持ちで眉根を寄せる。頑固そうな縦皺《たてじわ》が、眉間《みけん》に刻まれた。

「そりゃ、まんぷく。おめえは万次郎ってぇ最高の跡継ぎができたから、そんな余裕しゃくしゃくの台詞が吐けんだよ。おめえんとこは、安泰だからな」

悔しそうな憎まれ口に、マスターはやれやれというように溜《た》め息《いき》をついた。

「悪い。それについちゃ、確かになあ。まんじのことは、神さん仏さんが恵んでくれた、ありがてえ息子だと思ってる。俺ぁ、果報もんだ。俺だって、まんじが店継いでくれるって言うまで、てっきりあと数年で店を畳むもんだと諦《あきら》めてたからなあ」

「マスター……」

遠慮がちながら素直な喜びの滲《にじ》む言葉に、万次郎は胸を熱くする。そんな親子以上に近しい師弟の姿に、原田は心底羨《うらや》ましそうに舌打ちしつつ破顔した。

「こっちは切ない身の上だってのに、馬鹿正直に二人して喜びやがって。こっちも嬉しくなるじゃねえか。ま、この店がなくなっちまったら、寂しいどころじゃねえからな」

「そういや八百政、お前んとこのひとり息子は確か……」

「おう。うちの倅《せがれ》はアレだ。勤め人だ。なんてーんだっけ、宣伝屋？　広告屋？」

万次郎は、躊躇《ためら》いながらも訂正を試みる。

「それ、もしかしてアレ？　広告代理店、とか？」

原田はパンと手を打ってまんじを指さした。

「そうそう、それだ！　なんかよくわからんが、新聞やらテレビやら雑誌やらで広告を作る仕事をしてるんだと。そんで、どうにか商店街を活性化できる方法はねえか、いっそ、いい広告でも作ってくれねえかって、倅に相談したんだ」

マスターは興味深そうに、白髪交じりの髭《ひげ》がまばらに生えた顎を撫《な》でた。

「ほう、そりゃいいとこで働いてるじゃねえか。で、何かいい案は出たのか?」

今度は少し得意げに、原田は胸を張って頷く。

「おう。どうも今、全国あっちこっちで商店街が寂れてんのが話題になってるらしくてな。倅としても、生まれ育った場所だ、せっかく宣伝のプロになったんだからとことこ商店街をガツッと盛り上げる手伝いをしてみたいって言ってくれてんだよぉ」

「へえ。そんで息子さん、何かアイデア出してくれたんだ?」

万次郎も、思わず身を乗り出す。原田は、うーんと唸《うな》って腕組みした。

「や、まだ電話で話しただけなんだ。やんわり叱られたよ。商店街を明るく小綺麗にする努力はしてるか、よそからの客が来やすい雰囲気を作ろうとしてるか、常連客だけ大事にしてねえか……倅の質問が、いちいち耳に痛くてなあ。団地の連中が寄りつかねえと嘆いてるばっかで、これといって努力してこなかったんじゃねえかって言われて、返す言葉がなかった。俺の倅のくせに、賢いことを言いやがる」

原田はそう言って、首を左右に倒し、ポキポキと関節を鳴らしてから渋い顔でこう続けた。

「で、まあ、組合の皆に示せるような商店街復活プランを立てようってことになったんだがな。そうは言っても、それぞれの店にそう余力があるわけじゃねえ。できるだけ金を使わないで済むような案を捻り出すために、明日の午後、倅が帰ってくることになったんだ」

マスターは、笑顔で相づちを打った。

「そりゃよかったじゃねえか。宏行《ひろゆき》君だっけか、帰ってくんのは久しぶりじゃねえか？」

「ああ、まあ、いつもは家族連れで正月に半日戻ってくるくらいだからな。仕事で来るなんてなぁ、初めてよ。店は継ぎやがらなかったが、初めて親子で仕事ができるって寸法だな」

原田の頬に幾本も走る皺が、さらに深くなって笑みを形作る。八百屋の店主ではなく、嬉しそうな父親の顔になった原田に、万次郎もほっこりした気持ちで問いかけた。

「へえ。いいアイデアが出るといいね。……あ、でも、それとマスターと俺に用事っての、何か関係あんの？」

「それよ！」

原田は我が意を得たりと、笑顔のままで自分の膝《ひざ》小僧を打った。

「この店は商店街の外だが、すぐ近くだし、俺んとこも含め、商店街のあっちこっちの店から食材を仕入れてるだろ？　ほとんど身内みたいなもんだ。ってことでよ。数少ない若者、ついでにまんぷく亭の次のマスターってことで、万次郎も商店街の盛り上げ企画に参加してくれねえかなと思ってな」

「おいおい、俺じゃなくて、まんじを借りに来たのかよ、八百政」

マスターはいささか不満げにちゃぶ台に肘《ひじ》を突く。原田は照れ笑いで片手を振った。

「いやいや、おめえだって助けてくれりゃ嬉しいけどよ。とにかく若いもんが少ないんでな、うちの商店街は。いくら倅がいい案を捻り出しても、年寄りばっかりじゃ話にならねえだろ」

「まあ、そりゃそうだなあ。おい、まんじ。嫌じゃなけりゃ、ちょいと一肌脱いでやってくんねえか。八百政には、これまでずっと世話になってきたからな」

マスターにそう言われ、万次郎は気のいい笑顔で即答した。

「いいよ。っていうか、俺で役に立てることがあるんなら、なんでも言って」

万次郎の快諾に気をよくしたらしき原田は、大きく頷いて笑みを深くした。

「よく言ってくれたっ。そいじゃ早速だが、明日の三時過ぎ、倅が商店街を実際に歩いて、あれこれアイデアを練るって言ってんだ。万次郎、ちょっとでいいから顔出して、倅に会ってやってくれねえか。実際に動く奴の顔見たほうが、いい案が出るかもしれねえ」

「俺はいいけど、店が」

「行ってやれ。店の片づけは、俺とかみさんでのんびりやるからよ」

「わかった！　明日三時だね。原田さんの店に行けばいい？」

「おう、頼んだぞ。ま、明日は顔合わせだ。気軽に来てくれや」

そう言いながら、原田は本当にせっかちらしく腰を上げた。マスターは慌てて片手を上げ、制止しようとする。

「おい、お茶くらい飲んでけばいいだろ。俺ぁてっきり、将棋一指しくらいの時間はあるんだと……」

だが、原田は来たときよりずっと潑溂とした表情で言い放った。

「いや、そうしたいとこだが、帰って家を掃除しなきゃなんねえ」

「掃除？」

マスターと万次郎の声が、綺麗に重なる。原田は長年の力仕事ですっかり太くなった人差し指で鼻の下を擦《こす》り、照れくさそうに頷いた。

「今、腰をやっちまった女房を湯治にやってっから、やもめ暮らしの予行演習みたいなことになってるんだよ。家ん中がどうしても散らかっちまってな。あんなの見せたら、倅に心配かけちまう。明日、あいつが戻ってくる前に、ちゃんと正月並に片づけとかにゃ」

「ああ……なるほど。俺が掃除、手伝おうか？」

「そこまでは頼めねえ。自分のケツくらいは自分で拭けらぁ。じゃあな」

威勢よく言い放ち、原田は来たときと同じようにスタスタと去っていった。

万次郎はマスターともう一度顔を見合わせ、広い肩を揺すって笑った。

「なんだか、あんなに浮かれた原田さん、俺、初めて見たよ」

「俺も久々だなあ。あいつの息子がよそへ就職しちまって以来、俺の代で店は終わりだって、ずいぶん落ち込んでたから」

「そうなんだ……。マスターと将棋してるときは、それなりに楽しそうだったけど」

「あいつぁ見栄っ張りだからな。落ち込んだツラは見せたくねえのよ。けど、俺と二人になると、ずいぶん愚痴っぽかったぜ？　店をやっても張り合いがないだの、店を始めた祖父《じい》さんに合わせる顔がないだの」

「そうだったのか。俺、二人が将棋指してる間は、邪魔しちゃいけないと思ってあんまり傍に行かなかったからさ。どんな話してんのかは知らなかった」

「そういや、そうだっけな。広告代理店なんざ、どんな仕事だか俺たち年寄りにゃ想像もつかねえ。あいつにとっちゃ、息子が宇宙にでも行ったような気分だったんだろうさ」

マスターはそう言うと、肉厚のまだまだしっかりした手で、万次郎の肩を叩いた。

「けど、あいつの泣き言を聞いてると、いつだって自分の幸運が身に染みた。まんじ、お前がいてくれなかったら、俺だってきっと、かみさんと二人でそう嘆いてたんだろう」

「マスター……」

「お前はどうだか知らねえけどよ。俺ぁ毎日、店でお前と肩を並べて鍋振ってるとき、なんて幸せなんだろうなってよく思うんだ。俺が自分の親父《おやじ》から受け継いだ味を、お前が毎日ちょっとずつ覚えていってくれる。ホントに嬉しいもんなんだぜ。この歳にならにゃ、わからん気持ちかもしれんがな」

しみじみと喜びを噛《か》みしめるようなマスターの声と言葉に、純情な万次郎は胸を打たれ、ドングリ眼《まなこ》を潤ませる。

「俺だって嬉しいよ！　マスターもおかみさんも、俺を息子みたいに思ってるって言ってくれるし、誰にだってうちの跡継ぎだって紹介してくれるし。俺がそう言ったら、マスターはいつも『ホントの親御さんに失礼だろうが』って怒るけど、ホントの親に感謝する気持ちとは別に、マスターとおかみさんのことも親だと思ってるよ、俺」

「……へへ、そっか。そうだな」

万次郎につられてちょっと涙目になってしまったのをごまかすように、マスターは照れ笑いでどっこいしょと立ち上がった。

「よっし、八百政と喋ってるうちに、十分休憩できた。残りの下ごしらえと掃除をとっととやっつけて、かみさんがいねえ間に命の洗濯と行こうぜ、まんじ」

「命の洗濯？」

「おう。日のあるうちから、蕎麦屋《そばや》で旨い肴《さかな》を摘《つ》まみながら、日本酒をキュッとな」

マスターについて厨房へ戻りながら、万次郎は半ば呆《あき》れ顔で応じた。

「昼間っから酒？　いいの？　おかみさんに怒られない？」

「二人でお銚子一本くらい、あいつぁ怒りゃしねえよ。お前にもそろそろ少しずつ、大人のたしなみってやつを教えてやらにゃな」

「お、大人のたしなみ……！　なんかかっこいい！」

ワクワクした顔になった万次郎に、こちらもご機嫌で、マスターは声を弾ませる。

「だろ？　ささっと飲んで、さらっと蕎麦で〆《しめ》て、気分よく帰ろうぜ」

「蕎麦で〆って、蕎麦がデザートってこと？　大人ってすっげーな！」

「ははは、まあ、まずは仕事を片づけるのが先だ。俺ぁ掃除を始めるから、お前は下ごしらえをやっつけちまえ」

「わかった！」

そーば、そーば、と奇妙なメロディーをつけて歌いながら、万次郎は厨房の定位置でタマネギの皮を剝き始める。

そんな頼もしい「息子」の姿を目を細めて見やりつつ、マスターは使い込んだシュロ箒《ぼうき》を手にしたのだった。

＊　＊

その夜、遅く。

就寝前、洗面所で歯を磨いていた寝ぼけ眼の京橋は、首筋に突然冷たいものが触れたのに驚き、奇声を上げて飛びすさった。

「ぎゃっ……！」

勢い余って京橋の手からは歯ブラシがすっぽ抜け、目の前の鏡に当たってシンクに落ちる。

鏡には、歯磨き粉がべっとり白くくっついてしまった。

そんな京橋の過剰反応に、むしろちょっとした悪戯を仕掛けたつもりだった茨木は、呆気《あっけ》にとられ、狭い洗面所で立ち尽くす。

「京橋先生？　そんなに冷たかったですか？　気持ちいいと思ったんですが」

「あ……」

見れば、茨木の手には、小ぶりな日本茶のペットボトルがある。さっき、今日は暑かったから少し脱水気味かもしれない、頭が痛い……と京橋がこぼしたので、わざわざ持ってきてくれたらしい。

「ご、ごめん！　あの、いや、そんなに冷たくはなかったんだけど……びっくりしちゃって」

「そんなに冷たくないのに、あんなに驚いたんですか？　さっき飛びすさったとき、凄い音がしましたよ。手をバスルームの扉にぶつけたんじゃないですか？　ああ、やっぱり」

訝しげな顔でペットボトルを洗面台の端に置くと、茨木は京橋に歩み寄り、彼の右腕を取った。少し心配そうに、右手の甲を撫でる。まるで姫君にするような恭しい仕草に、京橋は恥ずかしがって手を引こうとした。だが、一瞬早く茨木に手首を摑《つか》まれ、より近く引き寄せられてしまう。

「あ、いや、大丈夫だって。ちょっと当たっただけだから」

「いいえ。ぶつけたところが赤くなっていますよ。すみません。悪戯が過ぎましたね。右手はドクターの大事な商売道具なのに、怪我《けが》をさせてしまうなんて」

大事そうに両手で包み込んだ京橋の右手の甲、ほんの少し赤らんだ人差し指のつけ根にチュッと音を立ててキスした茨木は、心底申し訳なさそうに詫《わ》びる。

「怪我なんてほどのものじゃないって！　気にしなくていいよ」

「ですが……」

「マジで茨木さんのせいじゃないから。大袈裟《おおげさ》に驚いちまったのは、昼間に怖い話を聞いたからで、どっちかっていうと、楢崎先輩のせ……あ、な、なんでもない！」

こういうとき、いつもの冷静さはどこへやら情けないほど動揺する茨木をどうにか落ち着かせようと、京橋は昼間のことをサラリと話そうとして大失敗してしまった。今、最も茨木に聞かせるべきでない人物の名前を、迂闊《うかつ》に口にしてしまったのである。

「楢崎先生のせい、です、か」

目の前で、茨木の顔がゆっくりと変化していく。

それまでの心配そうな顔から、微妙に強張《こわば》った、どこか薄ら寒い恐ろしさを感じさせる表情に転じて、茨木は口をパクパクさせる京橋に微笑みかけた。

「いったいどういうことでしょうか。是非ともお伺いしたいですねえ」

「や、その、なんてことないんだよ。っていうか、先輩のせいっていうのは言葉の綾《あや》で」

「言葉の綾。ですが、楢崎先生が関係してらっしゃることは確かなんですよね。今日は、楢崎先生と職場でご一緒に何かなさっていたと、そういうことですか」

「何かって、仕事だよ！　病棟のナースステーションで会って、世間話をしただけ！　そんときに、たまさかナースが怖い話を始めちゃって……」

「怖い話？」

「いや、楢崎先輩は、怖がる俺を面白がってたから、ホントは怖くないのかも。俺が怖がりなのがいけないだけっていうか、いやいけなくはないのかもしれないけど」

「ほう……。面白がる……あなたを」

「ううっ。つまり、なんてことはない話なんだってば！　マジで」

一生懸命説明すればするほど墓穴を深くするのが、京橋という男である。そして、こういうときの茨木の笑顔は、怒った顔をされるよりなお怖い。

薬品業界では中堅どころの「カリノ製薬」社員で、今はサプリメントの研究開発に従事している茨木は、社内では実直で有能な研究者、そして温厚な人格者として知られている。

上司の信頼も篤《あつ》く、同期の研究者たちに先んじてプロジェクトリーダーをまかされることも、最近では増えてきた。それでも決して妬《ねた》まれないのは、仲間の話に辛抱強く耳を傾け、個性の強いプロジェクトメンバーを上手くまとめてそれぞれの作業を調整するという、実に面倒くさい役割を厭《いと》わずにこなす誠実な人柄ゆえである。

無論、彼は実際にそういう人物なのだが、それ以外にも茨木には、どちらかといえばいささかアグレッシブな一面がある。

おっとりしているように見えて実は相当な負けず嫌いだし、独占欲も強い。嫉妬《しっと》も盛大にすれば、底意地が悪いところも……ないでもない。

職場ではそうした暗黒面を巧みに隠しているが、恋人である京橋の前ではごくナチュラルにさらけ出す。

かつて、つきあい始めたにもかかわらず、あまりにも他人行儀で秘密主義だと、茨木に腹を立てたことがある京橋だけに、いいところも悪いところも隠さなくなった今の茨木を責めるわけにはいかないのである。

「なんてことはない話、ああ、つまり医師の守秘義務には抵触しない話という意味ですよね？　でしたら、なおさらお聞きしたいですね。楢崎先生が、大事なあなたにいったいどんなちょっかいを出したのかというあたりを、重点的に」

「いや、そんなに気合いを入れるような大した話じゃないんだって。てか、そろそろ手を、さあ。歯磨きの続きとかも……したいし」

京橋は猛獣を宥《なだ》める調教師のような口ぶりで茨木に話かけながら、さりげなく右手を引き抜こうとした。だがそんな涙ぐましい京橋の努力をさらりと無視して、茨木は片手で京橋の右手を捕らえたまま、もう一方の手をTシャツの腰に回した。グイと引き寄せられて、京橋は長い夜を覚悟せざるを得なくなる。

（あああ……俺、なんだってこのタイミングで楢崎先輩の名前なんか出しちゃったんだよ）

事ここに至っては、どんなに後悔しても後の祭りである。

もちろん、苛立《いらだ》ったからといって、京橋に暴力を振るうようなことは決してしない茨木だが、こうなると、午後の特別病棟での出来事をすべて京橋から聞き出すまで納得しないだろう。

「歯磨きの続きは、あとでシャワーのついでになさればいいですよ」

あくまでも優しい口調でそう言い、茨木は京橋の腰に回した手の指先に、微妙な力をこめた。敏感な脇腹を服の上から軽く引っかかれて、京橋の身体がピクッと小さく震える。

そのまま明らかな意図を持って背筋を辿《たど》る指の動きに、京橋は、それこそ楢崎が見たら「途方に暮れた小犬」と評しそうな困り顔で、長身の茨木の顔を上目遣いに見た。

「……やっぱ、そういう気分にさせちゃった？」

今度は極上の笑顔で、パジャマ姿の茨木は頷く。

「はい。とはいえ、明日も通常勤務のあなたにご負担をかけられません。最後までするつもりはありませんよ。……ただ、僕の子供っぽい嫉妬心を宥めて、安らかに眠るお手伝いをしてくださいませんか？　もちろん、昼にお聞きになったという怖い話の件も、是非ともお聞かせいただきたいと」

「……両方なんだ？」

「ええ、あなたに関してだけは、僕はたいそう欲張りですから」

そう言いながら、茨木はようやく京橋の手を解放し、空いた手で二人分の眼鏡を器用に外した。そして互いの額をこつんとぶつけ、至近距離で京橋に囁きかける。

「……でも、もしあなたが本当に嫌なら、無理強いはしません。触れ合うことも、話をお聞きすることも。我《わ》が儘《まま》を反省して、背中を丸めて寝るとしますよ」

少しだけ切なそうに微笑む茨木の顔には、さっきの迫力は微塵《みじん》も感じられず、むしろ甘えるように半歩退《ひ》かれて、京橋はウッと言葉に詰まった。その口から「ずるいよ」という恨み言がこぼれる。

「ずるい、ですか？」

「ずるい。俺がその顔に弱いの、わかってるくせに」

眼鏡を外すと、茨木の顔は不思議なまでに男っぽさを増す。まるで眼鏡が、彼の本能を覆い隠す仮面の役目を果たしているようだ。

そのいつもよりずっと色気のある顔を近づけ、恋人らしい甘い声で囁かれては、及び腰だった京橋も、ついほだされてしまう。

「その顔、とは？」

嬉しそうに訊ねて、茨木は京橋の鼻に小さなキスを落とす。

「……その、俺が大事で仕方ないって顔！　こっちもつられて嬉しくなっちまうだろ！」

膨れっ面にそぐわないそんな睦言《むつごと》を投げつけ、京橋は自分がまさに夏の虫になった気分で、「だってそれは本当に……」と言いかけた茨木の唇を、自分の唇で荒っぽく塞《ふさ》いだ。


「……なるほど。そんなことが」

手枕で自分のほうを向いて横たわる茨木に、こちらは仰向《あおむ》けに寝そべった京橋は、白い天井を見上げて気恥ずかしそうに頷いた。

「そ。全然大したことない話だったろ？　樒崎先輩がさほどかかわったわけじゃなし、茨木さんがあんなヤキモチ焼く必要もなかったんだよ。おかげで、あっつい……」

そう言って、京橋は幾分わざとらしく、Tシャツの胸元を片手で持ち上げ、パタパタと空気を入れてみせた。

結局、あれから幾度もキスを交わしながら縺《もつ》れるように寝室に辿り着いた二人は、ベッドの上で抱き合いながら、互いの手で互いのものに触れた。

最初はいささか刺々《とげとげ》しい茨木の悋気《りんき》から始まったことではあったが、挿入を伴う行為と違い、互いを思いやりながら息を合わせ、ともに上りつめる行為は、どこか穏やかで優しさや温かさを感じさせる。

確かに、ずっと見つめ合い、時折キスを交わしながら相手のものを両手で愛撫《あいぶ》するというのは、ある意味抱かれるより恥ずかしい……と、京橋は思う。それでも、いつもは余裕たっぷりに彼を翻弄《ほんろう》する茨木が、自分の手の動きに追い上げられてあからさまに焦った顔をしたり、息を詰めたりするのは、妙に楽しくもある。

抱く、抱かれるではなく、抱き合うという言葉がピッタリくるこういう愛し方も、京橋はとても好きだった。

しかし、熱を放ったあとの心地よい気怠《けだる》さの中、昼間に特別病棟で看護師の米山琴美に聞いた病室の「謎《なぞ》の女の声」について語るのは、京橋にとってはいささか不愉快なことだった。

「俺が怖がりなだけなんだよ、ホントに。先輩はそれを見て笑ってただけ」

時刻はもう真夜中を過ぎている。話を適当に切り上げようとした京橋の意に反して、茨木は眉根をごくわずかに寄せた。

「だけ、とおっしゃいますが、僕にとっては悔しいですね。ケーシー姿で怯《おび》えるあなたの姿なんて、僕には見るすべがありませんから。さぞ可愛らしかったでしょうに。ますます楢崎先生が憎らしくなりました」

軽口を装ってはいるが、百パーセント本心であるところが、茨木の恐ろしいところだ。京橋としては、そこまで自分に執着してくれるのは嬉しいが、いささか困惑せずにいられない。

「何言ってんだよ、ったく。そんなこと言うところを見ると、茨木さんは信じてないんだな、病室に幽霊が出るっぽいって話」

ちょっとつっかかるような京橋の声に、茨木は楽しげに微笑んで恋人の膨れた頬に触れた。

「それに関しては、遺憾ながら楢崎先生と同意見ですね。古い病棟ならともかく、改装が済んだばかりのピカピカの病室と幽霊は、どうもそぐわないというか……」

「まあ……それは、確かに。じゃあ、そんな馬鹿馬鹿しい話を怖がる俺を、さぞ馬鹿だと思ってるんだろうな」

ますます膨らむ京橋の頰を愛《いと》おしげに撫で、茨木は「いいえ」と笑みを深くする。

「まさか。あなたを馬鹿だなんて思いませんよ。ただ、いささか不思議ではありますね。そんなにお化けが怖いだなんて」

すると京橋は、頰からぷしゅっと空気を抜き、そのついでのように弁解した。

「お化けが怖いっていうより、病院に出る幽霊が怖いんだよ、俺、昔、見た……と思うから」

「おや。それはまた。いつのことです？」

いささか歯切れの悪い京橋の告白に、茨木は軽く目を見開く。京橋は、茨木の大きな手のひらに頰を押し当てたまま、ボソボソと答えた。

「ポリクリで、産婦人科を回ってたとき。担当患者さんの分娩《ぶんべん》待ちで、泊まりになってさ。呼び出しが来るまでカンファレンスルームに詰めてなきゃいけなかったんだけど、病院の雰囲気ってどうにも重苦しくて、ちょっと外の空気を吸おうと思って、非常階段に出たんだよ。確か、日付が変わってすぐの頃だったと思う」

「……ええ」

茨木は、自分がいるから大丈夫だと言うように、京橋のすべらかな頰を優しく撫でながら相づちを打った。じっと横たわっていると、身体から徐々に熱が抜け、控えめな冷房がそれなりに心地よく思えてくる。

「産婦人科の病棟は、確か七階だった。俺はひとりで、非常階段の手すりに両手を突いて深呼吸した。季節は秋で、少し肌寒かったけど、澄んだ空気が気持ちよかった。ああ、スッキリした。戻らなきゃいけないけど、もう少しだけ……。そう思ったとき、何かが落ちてきた」

「落ちてきた？」

怪訝《けげん》そうな茨木に対し、当時のことを思い出したのか、京橋は硬い表情で頷いた。

「何か、白っぽい、大きなもの。シーツの塊みたいな、ふわっとした洋服みたいな……。あと、長い髪の毛みたいなのも見えた気がしたんだ。俺の視界を突然音もなく、上から下へ通り過ぎて……あんまり速いから、よく見えなかった。でも、なんとなく、女の人みたいに感じたんだ」

「それは、驚きますね」

「だろ？　てっきり誰か上から飛び降りたんだと思って、俺は血相を変えて手すりから身を乗り出したよ。だけど、地面には何もなかった。ただ、自動車が停まってるだけ。どうしても納得できなくて下まで降りて確かめたけど、やっぱり人どころか、布切れ一枚落ちてなかった。……だから……一瞬のことだったけど、あれがいわゆる幽霊だったのかなって」

「……なるほど」

「同級生に話したら、きっとそれは、昔、飛び降り自殺した入院患者の霊だ、とかもっともらしいこと言われてさ。余計に怖くなっちゃって。……俺、いまだに病棟の非常階段に出られないんだよ。そのことを思い出すから、病棟の幽霊の話も凄く苦手で……」

語り終わって、京橋はブルッと身を震わせる。きっと、今でもありありと当時の……たった一瞬の「幽霊」の姿を思い出してしまうのだろう。

茨木は、なんとも言えない悲しげな面持ちで、そんな京橋をギュッと抱いた。

「可哀想《かわいそう》に。……すみません、僕の好奇心を満たすために、あなたにそんなつらいことを思い出させてしまうなんて。その……僕はこれまで、そうした怪奇現象に接したことがないので、幽霊の実在についてはなんとも言えない立場なんですが……」

茨木の肌触りのいいガーゼ生地のパジャマに額を押し当て、京橋はモソリと頷く。宥めるようにその背中を軽く叩きながら、茨木は考え考え言葉を継いだ。

「きっと怖かったでしょうね。僕がそのとき、あなたの傍にいなかったことが悔しいですよ。特別病棟の謎の女性の声が、あなたを煩わせることがないよう祈るばかりです。あと、そんなトラウマを持ったあなたの怯えを面白がるなんて、楢崎先生は酷《ひど》い方だ。今度、僕から厳重に抗議しておきますから」

茨木の慰めは温かかったが、最後の一言だけは京橋を再び焦らせた。彼は茨木の胸から顔を離し、両手でその胸元を軽く押した。

「先輩のことは、もういいから！　その、学生時代に幽霊を見たかもしれない話は、先輩には話してないんだから、仕方ないよ。……それは、茨木さんだけが知ってくれりゃいい」

「そう、ですか？　ああいえ、そうですね。僕だけが知っていればいいことです。ええ」

途端に茨木はニッコリ笑ってそう言った。楢崎の知らない京橋の秘密を、自分が知り得たことに満足している様子だ。

（ホント、なんでこうも楢崎先輩だけに張り合うかなあ……。そういう意味で俺が好きなのは、茨木さんだけなのに）

うっかり喉元《のどもと》まで出かかった言葉を、京橋は危ういところで飲み下した。そんなことを言おうものなら、感極まった茨木に再び押し倒されて、今度こそ「最後まで」行ってしまい、明日、寝不足と腰の痛みに苦しむ羽目になることは火を見るよりも明らかだ。

「どうしました？」

京橋が何か言いかけてやめたのに気づき、茨木は小首を傾《かし》げる。

「あ、いや。さすがにもう眠い。納得したんなら、寝ないか？」

眠いのは本当だったので、京橋の言葉には実感がこもっていたのだろう。茨木はニッコリして頷いた。

「ええ、そうですね。……あなたが暑くなければ、こうしてあなたを緩く抱いたまま眠っても？」

そう言いながら、茨木はベッドの隅っこにくしゃくしゃになっていたタオルケットを片手で器用に伸ばし、二人の腹のあたりにだけふわりとかける。

「いいよ。俺もそのほうがいい。……思い出しちまったせいで、ちょっとまだ怖い」

そんな恋人の正直な発言に、茨木はますます笑みを深くした。

「僕が傍にいる限り、幽霊があなたにちょっかいを出すことなど決して許しませんよ。安心しておやすみなさい」

「……だよな。茨木さんにそう言われると、なんか安心する。……ふわ……」

京橋は小さな欠伸《あくび》をすると、茨木に軽く寄り添って目を閉じた。軽い情事の疲れもあってか、すぐに他愛なく寝入ってしまう。

エアコンの微かな作動音と、京橋の健《すこ》やかな寝息を聞き、童顔に輪をかけた京橋の寝顔を暗がりで見守りながら、茨木は「ふうむ」と小さく呟《つぶや》いた。

「まだ真新しい病室で微かな女の声……か。少し気になるけれど、まあ、これきりあなたを悩ませることがないよう、祈りますよ。あと、歯磨きを再開させ損なってしまって、すみません」

ちょっと悪戯っぽく囁き、茨木は京橋の薄く開いた唇におやすみのキスをした。そして、枕元の目覚まし時計のスイッチがオンになっているのを確かめてから、自身も眠りに就いた。

病棟の怪談と、商店街の振興プロジェクト……。

まったく関係のない二つのことがらが、このあと、二組の恋人たちを翻弄することになるのだが、その夜の彼らはそんなことなどつゆ知らず、安らかな眠りの中にいた……。

第二章　肝試しの夜

　翌日の午後二時過ぎ、「とことこ商店街」の八百政へ駆けつけた万次郎を店の前で待っていたのは、原田と、その傍らに立つ中肉中背の男性だった。

「あっ、こりゃどうも！　噂《うわさ》の間坂万次郎君ですよね。すっごいインパクトのある名前だなあ、まさかまんじろうって。ホントに本名？」

　仕立てのいい、けれど遊び心のあるお洒落《しゃれ》なスーツをノーネクタイで着こなしたその男性は、四十代くらいに見えた。こざっぱりした髪型に、よく見ると凝ったデザインの眼鏡をかけ、顎だけにごくごく短い髭を生やしている。

　いきなり名前について突っ込まれ、万次郎は目を白黒させて頷く。

「う、うん、そうだけど……ええと？」

「馬鹿、お前、これから世話になる奴に、何を失礼なこと言ってやがる」

に向けた。

自分より長身な男の背中をバシッと叩いて、原田は野球帽のつばを上げ、苦笑いを万次郎
「悪いな、万次郎。俺がお前の話を先《ま》ずもってしたもんだから、もうお前のことを知った気になっちまってんだよ、こいつ。倅の宏行だ」

「あー！　じゃあ、この人が、広告代理店の？」

「原田宏行です、どうも。面白くない名前で恐縮ですけど」

男前というわけではないのだが、清潔感がある上に、なんとも人懐っこい、原田によく似たクシャッとした笑顔で、男……宏行は万次郎に名刺を差し出した。

ぎこちなく両手でそれを受け取った万次郎は、目を輝かせて名刺に見入った。

いかにも広告業界の人間らしく、素朴な象牙《ぞうげ》色の和紙に、掠《かす》れ気味の渋い草色のインクで名前とメールアドレス、携帯電話番号だけをプリントした個性的な名刺だ。

「ども。うわあ、俺、名刺なんてもらったの初めて。だけどこれ、変わってるね」

「以前に宣伝を手がけさせてもらった工房の、手漉《てす》き和紙なんだよ。名刺用にこのサイズの分厚い和紙を作ってもらったら、ヒット商品になってね。嬉しいから、僕自身の名刺も、それで作ってるんだ。あったかい感じがしていいでしょ？」

「うん、凄くいい！　俺、名刺とか持ってなくて、返せるものがないんだけど……」

「全然オッケー、あとでメアドとケー番教えてくれたら、それで。君の名前は、いっぺん聞

いたら絶対忘れないもん。……それにしても暑いな。お父さん、中で何か冷たいもんでも飲もうよ。間坂君も一緒に」

「ったく、野郎のくせによく喋る奴だろ。昔は口が重くて、心配したってのによぉ。けどまあ、商店街をひととおり歩いて、ちーとくたびれたのは確かだな。奥で休憩にすっか」

呆れ顔で万次郎にそう言った原田は、野菜や果物の並ぶ台のよく見えるところに「ご用の方は奥へ声をかけてください」と書いた札を立てかけると、軽く足を引きずりながら店の奥へ歩いていく。

「短い商店街をゆっくり往復しただけなんだけど、足にこたえてるみたいだなあ」

小さな声で独り言を言い、ふと傍らの万次郎に気づいた宏行は、少し眉尻を下げ、情けない笑みを浮かべた。

「間坂君は、この近くで定食屋さんをしてるんだって？」

「してるっていうか、定食屋で働いてるんだ」

「でも、跡継ぎなんだろ？　父が言ってた。とにかく、でかくてよく働いて気持ちのいい奴なんだぞって。一目でわかるよ、そのとおりだと。……父がいつも、野菜を仕入れてもらってるみたいで、ありがとうね」

どうやら宏行は、なかなかに気のいい人物らしい。万次郎はホッとした笑顔で頷いた。

「こっちこそ。俺も、原田さんにはいつも色々教えてもらってるから！」

「そっか。お互い様か。じゃ、とにかく中へ入って、涼しいとこで話をしよう。やあ、今年の夏はホントに暑いよね」

そう言ってやけに可愛いハンドタオルで顔の汗を拭きながら、宏行は万次郎の二の腕を叩く。

「そんじゃ、お邪魔します」

定食屋の仕事を終わらせて走ってきたので汗みずくの万次郎も、初めて八百政のプライベートスペースに上がり込んだ。

昭和四十年代の映画セットと見紛《みまが》うような店構えの八百政だが、その奥にある生活スペースも、実にクラシックな和風住宅になっている。

腰痛に悩む妻のため、茶の間には畳の上に絨毯《じゅうたん》を敷き、テーブルセットを据えてあるものの、障子を開けるとツヤツヤに磨き上げられた縁側があり、杉の木枠が飴色《あめいろ》に変化したガラス戸からは、猫の額ほどの庭が見えた。

「うちで夏に出すっていやあ、これしかねえんでな」

原田はそんなことを言いながら、大ぶりに切ったスイカをたっぷりと皿に載せ、台所から持ってきた。上着を脱いで茶の間の椅子《いす》に引っかけ、父親からスイカの皿を受け取った宏行は、万次郎に素早くウインクしてこう言った。

「さっきお父さんと話したこと、間坂君には僕から話すよ。ちょっと昼寝してきたら？　そんなフラフラじゃ、夕方から店が混むのに大変だろ？」

するとと原田は、嬉しいような腹立たしいような複雑な表情で、着古したＴシャツの肩をそびやかした。

「フラフラなんぞ、してねえ。そもそも夕方になっても、昔ほど混みゃしねえよ。……まあ、言葉に甘えっか。ちっと足が怠いかもな。じゃ、頼むぜ、宏行。お客さんが来たら、起こしてくれ。悪いな、万次郎」

「俺はいいよ。ゆっくり寝てきて」

万次郎がそう言うと、原田は片手を上げ、少し頼りない足どりで茶の間を出ていった。皿を持ったままの宏行は、万次郎の顔を見上げ、悪戯っぽく言った。

「エアコンつけてここで食べてもいいんだけど……スイカが冷たいから、縁側もいいよね」

それには万次郎も、すぐに大賛成した。

「うん！　俺、ずっとアパート育ちで、今はマンション暮らしだから、縁側って座ったことがないんだ。昔のドラマみたい。やってみたい！」

「じゃあ、そうしよう。僕も、子供のとき以来だな～」

どこかワクワクした口調で宏行は言い、二人は縁側に並んで腰掛け、スイカを齧《かじ》った。

「子供の頃から、スイカはこうやって食べてたんだ」

そう言うと、宏行は足元の大きな踏み石を越えて、こんもり茂ったツツジの植え込みの中へスイカの種を吹き飛ばす。万次郎はそれを見て、大きな目を輝かせた。

「うわあ！　俺もやってみていい？　だいじょぶ？　あのへん、来年の夏、スイカだらけにならない？」

「大丈夫、僕は子供の頃からやってるもの」

「そっか。よーし……ぷッ！　あれっ、もっぺん。ぷッ！」

口の中でスイカの種を実から選り分けた万次郎は、勢い込んでスイカの種を飛ばしてみた。だが、種は呆気なく足元の踏み石の上に落ちてしまう。もう一度試しても、ほんの少し先へ飛んだだけだ。

「ええー？　なんで宏行さんみたいに飛ばせないんだろ？」

「肺活量は僕の倍くらいありそうなのにな。たぶん、経験値の問題だよ。僕は子供の頃からトレーニングしてるからね」

「コツとかあるの？」

「わからないなあ。できるだけ、唇をすぼめることくらい、かな。で、あとは、すべてを一瞬に懸《か》ける！」

「よーし。次こそ……ぷふッ！」

大きな身体を弓のようにしならせて、万次郎はもう一度、さらに凄い勢いで種を吹いた。今度は黒い種は踏み石をかろうじて越え、植え込みの前にぽとりと落ちる。

「うー、ちょっと進歩した！」

満足げに大きく頷いた万次郎は、彼をニコニコ見ている宏行に気づき、「あっ、ごめんなさい」と慌てた様子で謝った。

「宏行さん、遊びに来たんじゃないのに。……えっと、商店街の……なんだっけ、復活プロジェクト？」

宏行はタオルで汚れた指を拭《ぬぐ》いながら、人当たりのいい笑顔でやんわりと訂正する。

「まだ商店街は滅びるところまで行ってないから、復活はちょっと。堅苦しく言えば『振興計画』ってことになるのかもしれないけど、そんな言葉、魅力的じゃないだろ？」

万次郎は、三切れ目のスイカを食べながら同意する。

「うん。ちょっとつまんないっていうか、そんなこと言われても商店街に行く気に全然なれないっていうか」

それを聞いて、宏行はパチンと指を鳴らした。いかにも「業界」っぽい仕草ではあるが、どこか垢抜《あかぬ》けきらない素朴な色を残した宏行なので、イヤミには感じられない。

「それ！　そこ大事なんだよ。商店街の人たちもやる気が出て、マンションに暮らす若い家族にもアピールするような……そうだな。今、思いついたんだけど……スローガンとしては、『とことこおいでよ、なつかし商店街へ』なんてどうかな。あえてストレートに、素直にさ」

「うん、振興プランより全然いい！　でも、とことこ商店街って名前を、わざとバラして使うんだ？」

「そう。『とことこおいで』って、子供にもわかる可愛い表現だろ？　とことこやってきてみたら、ホントに昭和のなつかしーい商店街があって、しかも名前がホントに『とことこ商店街』だったら、凄くほっこりすると思うし、なんとなく愛着を持ってもらえる気がするんだよね」

そんな宏行の説明に、万次郎は感心して、片手に齧りかけのスイカを持ったまま、「は〜」と変な声を出した。

「すっごいね！　なんか、凄くいい、それ」

すると宏行は、嬉しそうに、少し照れ顔で俯きがちに笑った。

「ありがとう。なんだか、君の顔を見てたら思い浮かんだ」

「へ？　俺？」

片手で自分を指さす万次郎に、宏行は両手を縁側につき、子供のように両脚をブラブラさせて頷いた。

「うん。ちょっと肩に力が入りすぎてて、もっと気張ったスローガンを考えてたんだけど。君に会って、いい感じにリラックスしたせいかな。思考がナチュラルになった」

「張りきりすぎてたって意味？」

「そう。父から聞いてるでしょ。僕は、店を継がなかった親不孝息子なんだ。父は、やりたいことをやればいいって僕を責めなかったけど、その実ガッカリしてるのは知ってるわけ。でも、今の仕事が大好きだから、八百屋を継ぐことはできない。……とはいえ、たまに会う両親が年を取って確実に弱っていくのを見ると、ああ、申し訳ないなあって思うんだよ。身勝手だよねえ」

「………」

万次郎はなんと返事をしていいかわからず、ただ黙って耳を傾けている。宏行は晴れ渡った夏空を見上げ、しんみりした口調で言った。

「だからさ。今回、父が商店街をどうにかもう一度元気にできねえか、お前、宣伝が仕事なんだろって言ってきてくれて、凄く嬉しくてね。早速上司に相談して、ちゃんと仕事として成立するように企画を立てることにしたんだ」

綺麗に食べ終わったスイカの皮を皿に戻し、万次郎は甘い汁のついた指先をちょっと行儀悪く舐《な》めながら首を捻った。

「仕事？　じゃあ、えっと、商店街を元気にする手伝いはするけど、お金も取るってこと？」

「もちろん！」

「もちろんって……俺、宏行さんはボランティアなのかと思ってた」

万次郎の口調に非難の色はなかったが、小さな不審の芽のようなものを敏感に感じたらしき宏行は、真顔に戻ってこう言った。

「みんながやる気も余力もなくして、商店街が死にかけ状態だったら、ボランティアでもよかったかもね。だけど今日ここに来てみて、商店街の人たちと話して、そうは感じなかった。設備は古いし、店主も高齢化してるし、店を畳んだ人も多いけど、残ってる店にはまだ、踏ん張ろうってガッツがある」

「うん。それが……？」

「だったら僕は、『困り果てて人を助ける』んじゃなくて、『アイデアを求めてる人たちと組んで、仕事がしたい』んだよ。もちろん、成功報酬だって父には言ってある。商店街に活気が戻らなければ、僕の仕事は失敗。自分の評判を落として、会社にも損害を与えることになる。だけど成功したら、商店街も儲《もう》かるだろ？　その利益の中から、僕の働きにふさわしい報酬をいただきますよってこと」

「ほわあ……」

　またしても、万次郎の口から間抜けな声が漏れる。宏行は、そんな万次郎の反応を解釈しかねて、不安げな表情になる。

「ああ、ゴメン。だよね。間坂君はボランティアで手伝ってくれるのに、僕がお金を取るんじゃ不愉快だよね」

「あ、いや、俺、そういうつもりじゃなくて」

「それについては、君が働いてる店……『まんぷく亭』だっけ？　そこのお客さんも増やすよう頑張るとしか今は言えないんだけど。……うーん、正直言うとね、さっき言ったのはもちろん本当だけど、心の底では、父に、僕のこれまでを見てほしいってのがあるんだ」

「宏行さんの、これまで？」

　宏行は、小さいながらも植栽が茂った庭を眺め、それから自分の手のひらに視線を落とした。

「父にしても君にしても、その姿を見れば、働く姿も想像できる。身体を使って、汗をかいて、身体ひとつで働くたくましい男たちだ。でも、僕は……広告代理店っていうと、オシャレってイメージだけでしょ。なんだかフワッとしてる。まあ、今日は歩いたから汗をかいたけど、オフィスにいるときは終日涼しい顔で、スマートな服を着て、人にいい印象を与えるような小綺麗なルックスを保って……働いてるって感じはしないよね」

「う……うーん……」

　万次郎は微妙に首を傾げただけだったが、その曖昧《あいまい》さこそが、何よりの肯定である。素直だねと笑って、宏行は万次郎を見て言った。

「だからこそ、僕の仕事がどんなもので、僕がこれまでどんなふうに働いてきたかを、今回の件を通して、父に見せたい、感じてもらいたいんだ。店は継がなかったけど、ちゃんとやってるよって伝えたい……ま、早い話が自己満足なんだなあ。ごめんね」

ペコリと頭を下げられ、万次郎は面喰《めんく》らって軽くのけぞる。

「謝ってもらうことなんてないって。でも、俺もさ、広告代理店の仕事って、マジでオシャレ以外のイメージないや。宏行さんの仕事って、どんなの？　広告作るって、わかるようでわかんない」

「だよねえ」

宏行はそう言ってふと立ち上がると、家の中へ入っていってしまった。ほどなく、冷蔵庫から取り出してきた麦茶のボトルとグラスを持《つ》って戻ってくる。

二つの大ぶりなグラスになみなみと麦茶を注ぎ、万次郎に渡してやりながら、宏行はこんなふうに説明を始めた。

「僕の働く会社は小さいから、大企業の広告宣伝みたいに華々しい仕事は来ない。でも、クラ……ああ、僕たちのお客さんが愛情をこめて作り、自信を持って送り出す商品を、よりたくさんの人の目に留まる、手に取ってもらえるようにする広告を作ることが、僕の仕事」

「うーん。上手に宣伝する仕事ってこと？」

実に素朴な万次郎の理解に、宏行はゆっくりと首を横に振った。

「最初に僕たちは、これから宣伝する商品のいいところ、よくないところを両方とも勉強する」

「よくないところも⁉　そこは隠すんじゃないの？」

「いやいや。どんなものにも、いいところと悪いところがある。人と同じ。でも悪いところも、人によってはちょっとした魅力になったりする。あえて使いにくいところがいいみたいなことって、誰にでもあるだろ？　俺にしか使いこなせない感っていうの？」

「あー、それならわかる。俺には太陽電池が入ってて、電波で時刻が勝手に合う腕時計をプレゼントしてくれたのに、先生ってば、自分は毎日ネジを巻いて、時々時間を合わせなきゃいけない時計を使ってるんだよ。俺ののほうが便利なのにって言ったら、馬鹿、いい時計には、手をかける楽しみがあるんだって。そゆことだよね？」

「ああうん、まさにそういうこと。……って、先生？　定食屋のマスター？」

不思議そうな宏行に、万次郎は胸を張って答えた。

「ううん、先生は、俺が一緒に住まわせてもらってる人。お医者さんなんだ。オトナでかっこよくて賢くて綺麗で可愛くて、髪の毛つやつやで肌がすべすべでスタイルがよくて、もー最高なんだよ！」

「あ……ああ、そうなんだ。ずいぶんと素敵な女性《ひと》なんだね……？」

「うん！」

万次郎にはわからない勘違いをしたまま、宏行は話を再開する。

「まあ、それはともかく。いいところを、大袈裟すぎず、ちょうどいい加減でアピールして、悪いところも隠さず生かす。それが広告の理想。逆に、そうできないと感じる案件だったら、仕事を引き受けちゃ駄目ってことになる」

「ああ……そっか。つまりとことこ商店街には、いいところも悪いところもあって、悪いところもいいほうに生かせるかもってことだね？」

麦茶を飲み干した万次郎のグラスを再び満たしてやりながら、宏行は深く頷く。

「そうなんだ。僕はここで生まれ育った。だから、商店街の変化は身に染みてわかる。僕が子供の頃、ここはもっとピカピカで活気があったけれど、どこか俗っぽくて落ち着きのない、騒がしい場所だった。もうなくなっちゃったけど、うちの三軒隣にはパチンコ屋さんが一軒あってね。日がな一日軍艦マーチが流れてたんだよ」

万次郎はビックリして、首にかけたタオルで汗を拭く手を止める。

「ホントに？　今は静かなのに」

「昔は昼から飲んで暴れる人がいたりして、なかなか荒っぽいところだったんだ。でも今は、かつてギラギラしてた商店街が、いい感じにレトロ感溢《あふ》れる、落ち着いた場所になった。ギャンブル関係の店がなくなって活気は失われたけど、家族連れでも安心して来られる場所になったってことでもある。……色々みんなで改善し、努力していけば、今はマイナスだと思ってるところも、いいほうへ向けられると思うんだよ」

「そっか！　なんだかそう言われると、そんな気がしてくる。何か、アイデアがあるの？」

「色々ね。今晩、店を閉めてから、商店街振興組合の皆さんが集まりを開くそうだから、そこで提案しようと思って、今まとめ中。……とはいえ、この商店街ならではっていう売りを何か一つ思いつかなきゃインパクトが足りない……と思ってたんだけどね」

そこで言葉を切って、宏行はスイカの皿を挟んで隣に腰掛けている万次郎の全身をつくづくと見た。

「間坂君は、何かスポーツでもやってたのかな。体格いいよね」

大きな身体を褒められることはけっこうあるので、万次郎はあっけらかんと笑って、片腕で力こぶを作ってみせた。

「スポーツをちゃんとやったことはないけど、高校時代、よく運動部の助っ人を頼まれてた。あと、高校出てからは、工事現場のバイトをやってたから。そこでだいぶマッチョになった。先生にかさばるとかでかいとか邪魔とか言われるから、今はずいぶん絞ったんだよ、これでも」

「……君の『先生』って、とってもズバズバ言う人なんだな。でも、まだ十分凄い身体だよ。さっき、奥に入ろうって君の腕触ったときに、硬くてビックリしたもん」

「あはは、ありがと。今も、鍋振るのには筋肉が要るからね」

「ああ、なるほど。君も立派な『身体を使って働く男』だから」

そう言いながら、なおも惚れ惚れと万次郎の身体を眺めていた宏行は、やがて「うん」とやけに鼻息荒く頷き、万次郎のほうに軽く身を乗り出して、いきなりこう言い出した。

「あのさ、間坂君。唐突なんだけど、君、ホントにこう文字どおり、『一肌』脱いでくれる気はないかな⁉」

＊　＊

「……は？　今、なんと言った？」

その夜、帰宅して入浴を済ませ、さっぱりしたパジャマ姿で食卓についた楢崎は、万次郎が語る昼間の宏行との話を適当に聞き流していたが、ふと耳に刺さった言葉に箸《はし》を止めた。

万次郎は、スライスしたリンゴの入ったポテトサラダを頬張りながら、少し困った顔で、自分も箸を置いた。

「だからさ。商店街活性化のために、俺、脱いでって言われたんだけどどって」

万次郎はちょっとかしこまって、真面目な顔でそんなことを言う。楢崎は、酢でも飲まされたようなしかめっ面で、近頃愛飲しているキウイフレーバーのチューハイを一口飲んだ。そして、テーブル越しに万次郎の顔を胡乱《うろん》げに見る。

「お前が脱げば、商店街に客が押し寄せるのか？　俺にはそのメカニズムがまったく理解できん。お前の話が要領を得ないせいか、それともついに、俺の脳にお前の馬鹿が移ったか」

「あわわ、そうじゃなくて！　先生、これまでの俺の話、ちゃんと聞いててくれた？」

「まあ、それなりに」

「うう……。確かに俺の話はまとまらないけどさあ」

「わかっているなら、もっと簡潔に話せ」

万次郎は主人に遊んでもらえない大型犬のようなしょげた顔で、それでもできるだけ簡潔に、もう一度説明を試みた。

「だから昼間、宏行さんが商店街を歩いて出したアイデアを、原田さんが早速組合会議を開いて、商店街のみんなに提案したんだよ。で、みんながいいなって食いついたアイデアを、先生が帰ってくるちょっと前、原田さんが電話で教えてくれたんだ」

楢崎はチューハイを飲み、茹でた枝豆を摘まみながら、面白くもなさそうな顔で小さく顎を動かす。

「そこはちゃんと聞いていた」

「スローガンは『とことこおいでよ、なつかし商店街へ』で、まずは商店街を、ちょっと頑張って組合費を使ってプチリフォームする。あっちこっち雨漏りしてたトタン屋根を光が入るような素材で張り替えて、ボロボロのアーケードも、レトロな雰囲気をキープしたままで修理するって」

「そこもなんとなく聞いた」

「で、あとはそれぞれの店が、無理しない範囲で頑張る！　働く人たちが身綺麗にするとか、店の中外を片づけて、入りやすく、歩きやすくするとか」

「……たぶん聞いた」

どうやら楢崎は、このあたりで退屈して、どちらかといえば夕食のメイン、鶏《とり》ササミを開き、梅肉、生ハム、チーズを挟んでこんがり焼いたものに意識が向き始めていたらしい。

万次郎は大きな口を困ったと言いたげにへの字にしたが、それでも律儀にもう一度、楢崎が聞き飛ばした話を繰り返す。

「お客さんがいろんな店を巡ってみたいと思うように、試食つきのスタンプラリーと、あと家族向けに、空いた店舗スペースでちょっとした縁日みたいなことをやることになったんだって。だけど、それじゃまだインパクトが足りないから……宏行さんが、ここはガツンと商店街をアピールするグッズを作ることにしようって」

楢崎は食事を再開しながら、しかめっ面のままでさっきの話をまた持ち出す。

「そのグッズが、お前のヌードの何かだとでも？」

ヌードという言葉を聞いた途端、万次郎の純朴な顔が真っ赤に染まる。

「ちょ、ぬ、ヌードとか、何か凄くいやらしい響き……」

あからさまに動揺して両手で謎の舞踊的な動きをする万次郎に、楢崎はゲンナリした様子で舌打ちをした。

「何がいやらしいだ。高校生か、お前は」

「だだだだ、だって。ヌード……うわあ……」

「いいから、ヌードから離れろ！　グッズの話だろうが」

イライラした口調で叱られて、万次郎はまだ赤い顔でハッと我に返る。

「あ、そうだった。あのさ、宏行さんが作りたいのは、『商店街で働く男たちのカレンダー』なんだって。しかも、半裸。つまり、上半分だけ脱ぐってことだけど」

「……まあ、下半分だけ脱いだら、大変な代物になってしまうだろうから、当然だな」

投げやりにそう言うと、楢崎は訝しそうに眼鏡の奥の鋭い目を細めた。

「しかしまた、なぜ半裸なんだ？」

「商店街の人たちは、みんなそこで何十年も働いてきたわけで、その歴史とか経験が、必ず身体に刻まれてるはずだからって」

「とはいえ、お前以外はほとんど、それなりの年齢だろう？　そんな人々の半裸に果たして需要があるのか？」

そう問われて、万次郎は実に正直に答えた。

「さあ……。でも、宏行さんが写真の撮り方も、色々考えてるみたいだよ。絶対かっこよくなる！　撮られた人も、それを見た人も、みんなビックリするような写真にするよって」

楢崎は、渋い顔で首を振る。

「……想像もつかんな」

「俺も。だけど、俺はおまけで、そんなかっこいい、働く男の仲間入りをしたばっかりの奴っていう立ち位置なんだって」

「なるほど……。海外では、チャリティのために男女を問わず脱ぐというのが流行らしいが、日本ではあまり聞かない話だものな。まして、美しく鍛えることが目的ではなく、長年にわたる日々の仕事の中で、自然に作り上げられた労働者の身体を見せるというのは、なかなか新しいのかもしれん。……需要に関しては、どうもよくわからんが」

「俺もよくわかんない。でも宏行さんは、『君の大好きな先生も、きっと納得してくれるような写真の撮り方、考えるからね！』って言ってた」

「な……何っ？」

うんざりしつつもそれなりに落ち着き払って食事を続けていた楢崎は、万次郎の一言に不意打ちを喰らい、枝豆を噴き出しそうになった。

「お前、そんな赤の他人にまで、また俺を自慢したのか！」

考えてみれば、最初から「自慢」と決めてかかっているあたり、楢崎も相当に自意識過剰なのだが、万次郎も、それをごく当たり前だと思っているらしく、けろりとした顔で頷く。

「うん。先生のことは、いつでも誰にでも自慢したいもん！」

「……時と場合は選べ、頼むから」

思わず食卓に行儀悪く肘をついた楢崎は、その手でこめかみを押さえる。そんな楢崎に、万次郎はおずおずと問いかけた。

「それでさ、俺、脱いでいい？」

「……あ？」

檜崎の高い鼻筋に乗った眼鏡が、一センチほど滑り落ちる。万次郎は、神妙な顔つきで同じ質問を繰り返した。

「俺、脱いじゃってもいいかな。最終的には、先生に訊《き》いてから返事するねって言ってあるんだけど」

「………」

檜崎はゆっくりと顔から手を離し、物凄い凶相で万次郎を睨んだ。

「あえて訊くが、なんだってその最終決定が、俺に委《ゆだ》ねられているんだ？」

すると万次郎は、大きな手で分厚い胸板をバシンと叩き、てらいも迷いもない明るい声で断言した。

「当たり前じゃん！　だって、俺は先生のものだもん」

「……くれと言った覚えはこれっぽっちもないが」

「俺が自主的に捧《ささ》げちゃってんの！」

「………」

「だから先生が、まんじの裸は俺だけのもんだって言うなら、断るよ！」

「言うか！」

絶対に病院では見せない渋面で吐き捨て、楢崎はグラスにほんの少し残っていたチューハイを飲み干した。

「ちぇー。やっぱり、言ってくんないか」

「当たり前だ。脱ぐのも見せるのも好きにしろ。お前のその無駄に鍛えた身体が役に立つなんてことは、そうそうないだろうからな。定食屋を継ぐ者として、地元商店街と良好な関係を保つのは大事なことだ。せいぜい頑張るといい」

いかにもおざなりに楢崎がそう言うと、万次郎はパッと顔を輝かせた。

「うん、頑張る！　商店街のためにもだけど、先生に見てもらうためにも頑張るよ！」

そう言うなりすっくと立ち上がり、着ていたTシャツを脱ぎ捨てた万次郎に、楢崎は目を剝く。

「な……な、なんだ⁉」

「へへ、先生に頑張れって言われて、がぜんやる気が湧《わ》いてきちゃった。宏行さんがかっこいい写真にしてくれるって言ってたけど、やっぱ俺のほうでも、ポーズとか考えたほうがいいよね！　ね、どんなのがいいと思う？　やっぱ、ボディビルみたいなのかな。それとも、ナチュラルなほうがいいのかな。でもナチュラルな筋肉の見せ方って、俺わかんないなあ」

突然、いつもの平和な食卓の向こうで始まった万次郎の謎の半裸ポージングショーに、さすがの楢崎も呆れすぎて罵倒《ばとう》の言葉すら見失い、無駄に躍動する見事な筋肉をただ呆然と眺めていたのだった……。

＊　＊

それから二週間後。

K医科大学付属病院の十三階、特別病棟フロアには、どこか浮かない顔の京橋珪一郎がいた。

特別病棟に入院していた担当患者が自宅療養を希望して一時退院し、ようやくあのゴージャス空間としばらくおさらばできると思ったのも束《つか》の間《ま》、今度は別の患者が特別病棟に入院してきてしまった。

しかも、よりにもよって、その患者が入ったのは、くだんの十三号室である。幽霊なんていない、絶対気のせいだ……と思いつつも、病室に向かう京橋の足は心なしか重い。

とはいえ、そんな理由で診察を避けるわけにもいかないので、彼は扉の前で深呼吸し、一度、笑顔を作る練習をしてからノックをした。

「はあい」

可愛いが、どこか気怠そうな女性の声が聞こえたので、彼は引き戸を開け、病室の中に入った。

十三号室は、特別病棟の個室の中でも、比較的小さめの部屋である。それでも患者のベッドはセミダブルだし、付添人のためのベッド代わりになる立派なソファーセットが置ける程度には広い。簡易キッチンと、トイレとシャワールームもついていて、ちょっとしたホテルの部屋並の設備を誇っている。

「やあ、こんにちは、魚住《うおずみ》さん。調子はどうかな」

笑顔で声をかけながら、ケーシー姿の京橋はベッドに歩み寄った。

ベッドの頭のほうをいっぱいに上げ、ソファーに座るようなくつろいだ姿勢でそこにいるのは、耳から頭にかけて被《かぶ》せられたネット包帯が痛々しい、長い髪をうなじでまとめた少女だった。左腕には、点滴の針が刺さっている。

「退屈。超退屈」

ぶっきらぼうに答えた少女は美人というよりは愛嬌《あいきょう》のある可愛らしい顔立ちをしているが、酷く不機嫌そうだ。移動式テーブルの上には、ティーンズ向けのファッション雑誌が何冊も散らばっている。

五日前に入院してきた彼女は、魚住唯香《ゆいか》という。三日前、左耳外耳道の手術を受けたばかりだ。手術は准教授の執刀でなんの問題もなく終了したし、術後の経過も順調なのだが、本人の機嫌がすこぶる悪い。

十七歳といえば、二度目の反抗期を迎える年頃なのかもしれないが、それにしても主治医になって一ヶ月、入院してきて五日、一度も笑顔を見せてくれたことがないというのは、ちょっとあんまりだと思う京橋である。

とはいえ、患者が無愛想だからといって、自分も同じようにするわけにはいかない。

「退屈か。そりゃまあしょうがないな。体調は？」

「いいわけないじゃん。まだ耳痛いし」

愛想よく問いかけても、唯香の返事は極めてつっけんどんだ。言葉を相手に叩きつけるような喋り方を、いったいどこで覚えてくるのやら……と呆れつつ、京橋はむかっとする気持ちを抑え、笑顔をキープしたまま病室を見回した。

「まだ術後三日だからね。我慢できなかったら、看護師さんを呼ぶといいよ。痛み止めを出してもらうように指示してあるから」

「いちいち呼ぶの、やだ」

「……そう」

さすがにそれ以上ご機嫌とりのような会話を続けるのに嫌気が差して、京橋は視線を唯香から病室に転じた。

「あれ、そういえば今日は珍しく、お母さんがいないんだね。入院してから、毎日面会時間はずっとここにおられたって聞いてたけど」

するると唯香は、ようやく長いセンテンスを口にした。

「今日から、仕事に戻ってって言ったの。手術したっていっても、私、動けないわけじゃないし。自分でトイレでも売店でも歩いていけるんだから、つきっきりの意味ないでしょ」

「お母さんも、お仕事を？　お父さんは、会社勤めなんだっけ」

「そう。お母さんは、お父さんと同じ会社で事務やってんの。だから、ずっといないと、同じ部署の人たち困るもん」

「そっか。しっかりした娘さんだね」

「……別にしっかりとか、そういうことじゃないし。フツーだし」

相変わらずふて腐れたような口調だが、ほんの少し照れたように俯く顔は、さっきよりも表情がやわらかい。考えてみれば、外来受診のときも入院してからも、愛想がよくて話し好きな母親との会話が主で、こんなふうに唯香と二人きりで話すのは今日が初めてである。

「だけど、そういうことなら余計に、何かあったら遠慮なく看護師に言わないと。特に痛みは、我慢してると眠れないだろ？」

京橋がそう言うと、唯香は口を尖らせた。こんなときでも年頃と言うべきか、色つきのリップクリームを使っているようだ。

「だって。若いのにこんな個室に入るの贅沢《ぜいたく》すぎるとか言われてんのに、呼びつけたりしたら、もっと言われそうじゃん、そういうこと」

ボソボソと吐き出された言葉に、京橋はビックリしてベッドにもう半歩近づいた。

「医者か看護師がそんな失礼なことを？　君に？」

「ううん。他の患者さんたちが、私のこと見てヒソヒソ言ってた。ムカツク」

そう言って、唯香は唇をキュッと引き結ぶ。京橋は、溜め息をついて彼女に謝った。

「ああ……そりゃ、気分悪かったね。ごめんよ」

「別に、先生が謝ることじゃないでしょ」

「僕は、この病院に勤めてる人間だからね。君がここで不愉快な思いをしたら、職員として謝るのは当たり前。……だけど、心配しないで。僕たちも看護師たちも、呼びつけられたなんて思わないよ。つらいときは、呼べばいい。患者さんを助けに飛んでいくのが、僕らの仕事なんだから」

「……ホントに？　生意気とか、大袈裟とか、贅沢とか、思われないかな」

「思わないよ、絶対。だから、なんでも相談して」

京橋の言葉に、唯香はとてもホッとした顔つきになった。ふてぶてしく見えるこの少女は、その実、とても人の目を気にする質《たち》らしい。自分が他人より恵まれた立場にいることを、きっと幼い頃から自覚していて、それを引け目に感じるところがあるのだろう。

「ね、先生。今日……あの、痛いガーゼ交換とか、これからするの？」

「それはあとで。今日は執刀医の篠原准教授が術後の経過を見に来られるから、そのときにね。今は、様子を見に来ただけ」

「じゃあ、ちょっとだけ喋っていける？　聞きたいことがあったんだけど、ずっとお母さんがいたからさ」

唯香は、一度は緩んだ顔を再び引き締めた。看護記録によれば、まだ微熱が続いているはずなのに、顔色がむしろ青ざめている。

「いいよ。何？」

腕時計をチラと見て時間の余裕があることを確認してから、京橋はベッドサイドの折り畳み椅子に腰を下ろした。

唯香は、手術をした左耳に、ネット包帯と分厚いガーゼの上からそっと触れた。

「篠原《しのはら》先生も親も、耳の中の腫瘍《しゆよう》、悪いものじゃないって言ってたけど、ホント？　悪くないのにあんなに痛くて、変な塊みたいなのが出てくるもの？　ホントに、悪くないの？　みんな笑って大丈夫って言うから、余計怖くて、訊けなくて」

少女の顔には、明らかな不安と恐怖の色がある。どうやら、自分の病気について、かなりひとりだけであれこれ思い悩んでいたらしい。

（ああ……駄目だな、俺。ただの偉そうで愛想の悪い女の子だと思ってた。こんなに不安な気持ちのまま、手術を受けさせちゃったのか。これじゃ、主治医失格だ）

京橋は少なからず落ち込みつつも、素早く気持ちを切り替えた。今、こうして唯香のほうから主治医である京橋に歩み寄ってくれているのだから、今からでもきちんと話して安心させてやりたい。そんな思いで、彼は口を開いた。

「篠原先生に言われた病名、覚えてる？」

唯香はしばらく考え、モゴモゴと言い慣れない言葉を口にしようとする。

「えっと……がいじ、どう……なんか宝石みたいな名前の腫瘍？」

「外耳道真珠腫」

「あ、それ！　それって、何？　癌《がん》とは違うって言ってたけど、ホント？」

どうやら、唯香の心配の大元は、そこらしい。京橋は、落ち着いた口調でこう切り出した。

「前に、耳のＣＴの写真を見せてもらっただろ？　君の左耳の外耳道、つまり鼓膜の手前までのルートは、生まれつき人より狭いんだって話も聞いたよね。だからたぶんかなり以前に耳掃除か何かで、外耳道を傷つけちゃったんだろう。そのときに、上皮の下にあるゼリーみたいな層に、傷ついて剝がれた上皮の欠片《かけら》が落っこちた。そしてよほど居心地がよかったのか、そこに居座ってしまったってわけ」

「うえ……なんかキモイ。だけど、それの何が真珠？」

本当に吐きそうな顔で、それでも唯香は京橋の話に耳を傾けている。京橋も、できるだけ嚙み砕いた言葉で、正確な説明を試みた。

「粘膜の下の層に紛れ込んだ上皮の塊は、分裂してだんだん大きな塊になってくる。その過程が真珠ができるときに似てるから、真珠腫っていうんだ。実際に、ホントの真珠みたいに艶《つや》のある腫瘤《しゅりゅう》を作ることもあるんだって。君のは違ったけど」

「じゃあ……私が手術で取ってもらったの、ただの皮の塊ってこと？」

「大雑把に言えばね。だけど大きくなった真珠腫は、やがてすぐ下にある骨を溶かして、もっと大きくなろうとするんだ。実際、君の外耳道の骨も、ちょっと溶かされてた。放っておくと、中耳の……鼓膜を越えたさらに奥まで炎症が広がりそうな気配だったんだ。それはなんとなくまずいなって、感覚的にわかるだろ？」

「ヤバイ」

実に端的な一言で今の気持ちをすべて表現して、唯香はもう一度左耳を覆うガーゼに触れる。

「でも、私のはギリセーフ？　耳、聞こえなくなったりしない？　友達がＰＣで調べたら、顔面神経やられたとかいう人の話が出てきたよって言ってて、怖かったんだ」

まだまだ不安げな唯香に、京橋は笑顔でハッキリ答えてやった。

「大丈夫。君の場合はまだ比較的早い段階だったからね。それに、真珠腫は取り残すと再発しちゃうから地味に難しい手術なんだけど、篠原先生は凄く腕がいいんだ。外耳道の壁を極力自然な状態で残した手術をしてくださったから、経過もきっといいと思うよ」

「京橋先生は、腕がよくないんだ？」

「……将来的には腕利きになりたいと思って、目下修業中だよ」

正直すぎる唯香のツッコミに、京橋はちょっと痛そうな顔で答える。

「そっか。……なんだ、癌じゃなかったんだ。お母さんがずっとついてたりするから、余計に心配になっちゃってさ。ホントはすっごく悪いのに、みんなで嘘《うそ》ついてるのかと思ったりしたの。京橋先生は、今の、全部マジな話だよね？　嘘じゃないよね？」

「嘘じゃない。まだ術後三日だから、痛みとか気持ち悪さとかが残ってるかもしれないけど、だんだんよくなるよ。信じて」

もともと童顔の京橋だが、笑うとさらに子供っぽくなる。それでもその人懐っこい笑顔ときっぱりした言葉に安心したらしく、唯香は全身を使って、「はあああ」と長い息を吐いた。そのまま、立てかけた枕に背中を思いきり預ける。

「なんだー、悩んで損した。もっと早く聞けばよかった」

「ホントだよ。看護記録に『眠りが浅い模様』って書かれてたけど、これでグッスリ眠れそう？　ちゃんと寝ないと、治りが遅くなるよ」

いかにも重荷を下ろしたというふうな唯香の姿に、京橋もさっきまでの罪悪感が少し薄れ、安堵《あんど》の気持ちでそう言った。だが唯香は、再びその白い顔に影を落とした。

「んー……それは、無理、かも」

「どうして？　痛み止めをちゃんと飲めば、眠れないほどどってことはないはず……」

「じゃなくて！　うー……」

唯香は勢いづいて何かを言いかけ、ぐっと言葉に詰まる。まだ何か心に引っかかるものがあるようだと考えた京橋は、軽く上げかけた腰をまた落ち着けた。

「まだ何かあるなら、聞かせてくれよ。主治医だから、ちゃんと知っておきたい」

すると唯香は、何度か口を開いては閉じを繰り返したあと、探るように京橋の顔を見た。今日は疲れ目気味で病院でも眼鏡で過ごしているのだが、レンズの奥の目をじっと見つめられ、落ち着かない気持ちで身じろぎする。

「な、何？」

唯香は京橋の顔を凝視したまま、声を潜めてこう訊ねてきた。

「手術、全身麻酔だったじゃん？　あれ、あとで頭おかしくなる作用とか、ある？」

「ないよ、そんなの。でも、何か心当たりっていうか、そう思うようなことがあった？」

京橋までつられて、ヒソヒソ声で問い返す。

「絶対、セーシン科の先生呼ぶようなことしないって、約束してくれる？」

「それは話の内容によるけど……でも、君の承諾なしに、いきなりそういうことはしない」

「うー……まあいいや。なんかね、一昨日《おととい》から、夜寝てたら、変な声で目が覚めるの。すっごくちっちゃくて切れ切れの、女の人の声」

「！」

ヒッと京橋の喉が小さく鳴った。

さっきまでの話ですっかり忘れていたが、そう、この病室は、あの十三号室なのだ。ついに自分の担当患者の口から語られてしまった「深夜に聞こえる女の声」の話に、京橋は自分の顔がどうしようもなく強張っていくのを自覚した。

（駄目だ、こんな顔しちゃ、患者さんを心配させる）

慌てて両手で自分の頰をむにむにとほぐし始めた京橋に、唯香はさらに心配そうな面持ちになる。

「ちょ、先生、大丈夫？　どしたの？」

「あ、いや。それ……聞こえたの、一昨日と昨日だけってこと？」

「うん。手術前の二晩は、不安で眠れないって言ったらお薬もらえたから、グッスリ寝てたし」

「……ああ、睡眠導入剤か。そうだね。オペの日の夜は疲労困憊《こんぱい》して寝てただろうし……そうか、それで一昨日と昨日、か」

独り言のような京橋の分析に頷き、唯香は京橋のほうに上半身を少し倒してさらに声を潜めてこう言った。

「声はすぐにやんじゃうんだけど、怖くてそのあと眠れなくてさ。絶対あれ、幽霊の声だよ！　怖いけど、ここで他の病室に移りたいとか言ったら、またワガママとか言われるかなって、我慢してたの。幽霊だなんて言ったら、頭おかしくなったって言われると思ったし。だけどあれ、絶対、幽霊だよ！　姿は見てないけど」

「ば、馬鹿なこと言うなよ。この病室、リフォームしてからまだ誰も亡くなってないのに」

「他の病室から来てるかもしれないじゃん！　幽霊じゃなかったら、なんだっていうの？」

やけにきっぱりと唯香は断言する。だが京橋のほうも、それが幽霊だとはまだ認めたくなくてムキになって食い下がる。

「それ、誰かからこの病室に幽霊が出るとか、噂を聞いたんじゃないのか？　だから思い込みで声が聞こえたような気が……つまり、気のせい、とか」

「ありえなーい！」

そこで唯香は綺麗にカットした眉をキリリと吊《つ》り上げ、大声を出した。両手で、バシンと布団を叩く。

「うっ」

思わずたじろいでのけぞった京橋の鼻先に人差し指を突きつけ、唯香はツケツケと言った。

「ちょっとそれ、なくない？　自分はさっき『信じて』とか言っといてさ！　そのくせ、こっちの言うことは信じないんだ？　二晩続けて、たぶん同じ女の人の声なのに！　そりゃ姿は見てないけど、絶対に声は聞いたんだからっ！」

「う、ううう。ちょっと待って、とにかく落ち着いて。あんまり今、頭部顔面の血圧を上げてほしくないんだ」

大慌てで両手を上下させ、京橋は唯香を宥めようとする。だが唯香は、色白の顔を真っ赤にして、京橋を睨みつけた。その大きな目に、うるうると涙が盛り上がる。

「だって酷い！　先生が聞かせてって言ったから、勇気出して言ったのに！　やっぱり頭がおかしいと思ってる！　それか、嘘つきだって」

「思ってない！　思ってないから！」

「……ホントに？」

「ホントに。だからちょっと落ち着いて話そう。泣かないで」

唯香を宥めつつ、自分の気持ちも必死で抑え、京橋は深呼吸してから口を開いた。

「君、その女の人の声のこと、他の人に噂を聞いたわけじゃないんだね？」

まだ怒った顔のまま、唯香はハッキリと頷く。

「ない。だって私、他の患者さんと話さないもん。年代違うし……なんかウザイし」

きっと、陰口を言われていたことを引きずって、ろくに誰とも交流していなかったのだろう。唯香はハッキリとそう言った。京橋は、恐る恐る問いを重ねる。

「声が聞こえたとき、君はもちろん……部屋の灯りとか、点けてみたよね？」

またしても唯香は憤然と頷く。

「あったりまえじゃん！　即点けて、怖いけど部屋じゅう見たよ。冷蔵庫まで開けて確かめたもん。でも……誰もいなかった。看護師さん呼ぼうと思ったけど、おかしくなったって言われたらやだから……布団被って、朝までガマンしたの」

背筋がゾッとして、京橋は思わず室内を再び見回した。無論、今は室内は明るく、女の声など聞こえないし、姿も見えない。

「声が聞こえたのは、一昨日も昨日も、一度きり？　時刻は？」

「一昨日は……覚えてないけど、昨夜は二時頃。どっちも一度きり」

「やっぱりそうか……」

思わず京橋が漏らした呟きを、唯香は聞き逃さなかった。

「やっぱりって何⁉」

「あ！　あ……えっと……あー……」

しまったと思ったときにはもう遅い。十代の少女に物凄い形相で睨みつけられ、幽霊よりもむしろ生きている人間の怖さを思い知りながら、京橋は白状した。

「その……実はさ。まさに午前二時頃、女の人の微かな声を聞いたっていうの、君が初めてじゃないんだ。たぶん……他にも三人、いる」

「マジで！　信じらんない！」

再び、唯香は激昂《げっこう》する。京橋は必死で弁解を試みた。

「待った！　もちろん、聞いてない人もそれよりたくさんいる！　幽霊がいるって確定した部屋に、君を黙って入れたわけじゃない！」

「……それにしたって……！　私が怖い目に遭うかもしれないこと、黙ってたんだ！　わざと、幽霊が出る病室に、知らん顔で私を入れたんだ！　ひっどーい！　それでも主治医？」

女の子の涙混じりの非難には、極めて善良な人間である京橋は、平謝りするしかない。

「ごめん！　それについては、ホントにごめん。だけど、僕だって実際にその声を聞いたわけじゃないしさ。噂を聞いただけなのに、この病室ヤバイらしいよって君に言うわけにもいかないだろ？　それこそ、人間性を疑われちゃうよ」

「それは……そうだけど」

京橋の話にも理があると思ったのか、ほんの少し唯香の声がトーンダウンする。ようやくまともに話ができそうな状態になったので、京橋はこう訊ねてみた。

「他の病室に、移りたい？　もちろん、同じフロアで」

「……移りたい」

腹を立てながらも、幾分遠慮がちに唯香は頷く。京橋は、「わかった」と言って立ち上がった。

「病院事務にかけ合って、今日のうちに移動できるようにする。理由は……そうだな、西日が眩《まぶ》しくてよく休めない、とかでいいかな」

「……なんでもいい」

「じゃあ、それで。他の部屋なら、安心して眠れるだろ？　ちゃんと痛み止めを飲んで、ゆっくり眠って、早くよくなってもらわなきゃ。……それで……できたら、幽霊騒ぎのことを黙ってたのを許してくれる？」

京橋は誠実に詫び、そう提案した。だが唯香は、ぶんぶんと勢いよく首を振ろうとして左耳の痛みに思わず声を上げ、さっきの百倍怒った顔で京橋を睨みつけた。どうやら、痛みの八つ当たり分まで、彼女の怒りに加算されてしまったらしい。

「そんなんじゃ、全っ然、許せないし！」

「じ、じゃあ、どうしたら」

「先生も、同じ目に遭って！　そしたら許してあげる」

「は……ええっ⁉」

一瞬、彼女が何を要求しているのかわからず、キョトンとした京橋だが、言葉の意味を理解した瞬間、思いきり一歩後ずさる。

「ちょ、いや、えっ、それって……つまり……」

ケーシーの下で、背中にたらりと早くも冷や汗が流れるのがわかる。

「私が他の病室へ行ったら、ここが空くわけでしょ？　先生が、この部屋に泊まって。それで、私が聞いたのと同じ、女の人の声がホントに聞こえるかどうか、確かめて」

「えええええ……」

「だって、幽霊騒ぎがホントかどうかわかんなかったから、私にそのこと言わなかったんでしょ？　だったら、先生が自分で確かめればいいじゃん。この部屋に幽霊が出るかどうか、主治医として先生が自信を持って判断できるようになったほうがいいじゃん！」

「い……いや、それは……確かに、そう、なんだけど」

唯香の言うことはまったくもって正論で、京橋はぐうの音も出ない。ただ、その顔からはみるみるうちに血の気が引いていく。

自分の勝利を確信した唯香は、初めてニコッと極上の笑みを浮かべ、「決まり！」と両手を打った。

「明日、幽霊が本当に出るかどうか、私に報告してよね！　そしたら、許す」

「う……うう、う、わかった」

拒否する理由がどうしても見つからず、消え入るような声で京橋は承知の返事をする。初めて唯香が笑顔を見せてくれた主治医としての喜びは、今夜の「自主当直」への不安と恐怖で、綺麗に打ち消されてしまった……。


その夜、京橋は決死の覚悟で特別病棟にいた。

幸い、特別病室には同じ料金設定の空き病室があり、唯香は点滴スタンドを自分で押して、ご機嫌で移動した。「先生、頑張ってね！」と京橋を励ますことも忘れずにいてくれた。

それでいよいよあとに引けなくなった京橋は、勤務を終えてから近くの銭湯で汗を流し、居酒屋で夕食を摂《と》ってから、問題の十三階の十三号室に入った。

「先生、ホントにあんな噂を真に受けてらっしゃるんですか。一晩お泊まりになるなんて、まあ物好きなこと」

今日は偶然夜勤だった看護師長の鳥居《とりい》は、呆れ顔でそう言いつつも、みずから京橋のために、シーツや布団カバーを新しいものに交換してくれた。ベッドに軽く腰を下ろした京橋は、苦笑いで言葉を返す。

「自分の患者が幽霊の声を聞いたって言い出したんじゃ、この目、いや耳で確かめないわけにいかないから。何もなかったら、鳥居さんだってちょっとは安心だろ？」

「私はもとから信じてませんけどね、幽霊なんて。だって私、ここに三十年勤めてますけど、一度も見たことなんかないですもん」

枕を手際よく叩いて形を整えつつ、鳥居はすました顔で言い放った。幽霊も裸足《はだし》で逃げ出す鬼師長……という言葉を呑み込み、京橋は曖昧に頷く。

「でもまあ、ナースたちの間で、噂が広がってるのは知ってます。先生がお泊まりになって、何ごともないと言ってくださったら、つまらない噂も消えるでしょう。ある意味、助かりますわ。……じゃ、どうぞごゆっくり。寝間着も出しましょうか？」

「いや、いいよ。いざってとき、アクションを起こせないと困るから」

「あら、勇ましい。幽霊退治ですか？　まあ、頑張ってくださいな。おやすみなさい」

鳥居はもう五十歳近いので、若い京橋など、息子感覚なのだろう。ちょっと「困った子」を相手にするような口調でそう言うと、笑いながら病室を出ていってしまった。

「うう……。ひとりになっちゃった、な」

サンダルを脱いでベッドにごろりと横になり、京橋は溜め息をついた。

腕時計を見ると、まだ午後十一時前だった。幽霊が出るという時刻までは、あと三時間ほどある。

「とはいえ、眠れるわけないし。あー……マジで何ごともなく朝を迎えたいなあ」

看護師の琴美も楢崎も、「三人が幽霊の声を聞いた以上、気のせいということは考えにくい」と口を揃えていた。京橋の患者である唯香が、まさかの四人目である。

きっとここに楢崎がいれば、「また幽霊が実在する確率が上がったな」と、あの涼しくも意地悪な笑みを浮かべることだろう。

しかし、こんな状況に置かれてしまった京橋としては、頼むから出てくれるな、気のせいであってくれと祈るより他ない。

（いない……よな、今は、誰も）

思わずベッドから立ち上がった京橋は病室の中をひととおり歩き、ロッカーやクローゼットをすべて開閉して中に何もないことを確認した。

この病室には現在、少なくとも目に見える人間は京橋しかいないことになる。

しかし、午前二時の段階で、いったい何が起こるのか……いや、何も起こらずにいてほしいが、万が一、声が聞こえたときには、どんなアクションを起こせばいいというのか、皆目見当もつかない。

鳥居はさっき「幽霊退治」と言ったが、どうやったら声だけの幽霊を退治できるというのか。

幽霊などいないと考えようとするのに、脳内で幾度となくシミュレーションするのは、「幽霊が出たらどう対処しよう」ということばかりだ。早くも、心細くてどうにも落ち着かない。

（はあ……。せめてここに、茨木さんがいてくれたらなあ）

恋人である茨木には、唯香にこの病室での宿泊を要求されたすぐあとに、「今日は急な当直が入ったから、帰れない」とメールを送った。毎日の食事は茨木が作ってくれるので、できるだけ早く、夕食が不要だと知らせなくてはいけないと思ったのだ。

茨木からもすぐに、「どうぞお気をつけて。今日作るつもりだった冷やしうどんと野菜の天ぷらは、明日の夜にしましょうね」というメールが返ってきていた。

きっと彼は、ひとりのときは決まってそれで済ませるという冷や奴《やっこ》と素麺《そうめん》の夕食を摂り、今頃は、リビングのソファーでくつろぎつつ文献でも読んでいるか、あるいはもう寝支度をしているか……。

ふと、茨木の声を聞けば、この不安な気持ちを少しでも落ち着かせることができるかもしれないと思い、京橋はケーシーのポケットからスマホを取り出した。そして、まだ起きていてくれるよう祈りながら、茨木の携帯番号を呼び出した……。


『……し…………す』

「…………うん……？」

何かが聞こえた気がして、京橋は低く呻いた。

うっかりエアコンをつけっぱなしにしたまま寝入ってしまったのか、全身が薄ら寒い。

（おかしいな……。いつもなら、俺が寝落ちしても、茨木さんがちゃんと夏布団をかけてくれるのに）

ぼんやりとそんなことを考えながら、まだ意識を六割ほど眠りの世界に残したまま、京橋の手が布団を求めてシーツの上を彷徨う。

『ら…………っ…………た』

（うん……？　なんだろ。茨木さんの声……じゃ、ない）

ゆっくりと、意識が浮上してくる。

（あれ。そうだ、俺、家じゃないや。ここ、病室だ。……そっか、茨木さんと電話で話して、

「きっと大丈夫ですよ」って言ってもらってちょっと安心して……それでいつの間にか寝ちゃってたのか。そうだそうだ)

そこまで思い出したところで、京橋は弾《はじ》かれたように起き上がった。かけっぱなしだった眼鏡が、その拍子にシーツの上に落ちる。

「今、な、なんか……」

消灯時刻を過ぎて、いつまでも自分の病室だけ煌々《こうこう》と照明をつけておくわけにもいかないので、茨木と電話をしていたときから、灯りはベッドサイドのスタンドだけだった。そのまま寝入ってしまったので、室内は大半が薄闇《うすやみ》に包まれ、枕元だけが明るい。

(何か……聞こえてた、ような。気のせいかな?)

京橋が首を傾げたそのとき、微かな声が、彼の鼓膜を震わせた。

『の……ばり…………な、さ…………』

「ひゃ……ッ」

それは囁きよりもさらに微かな声だったが、確かに女の声だった。悲鳴を上げなかったのは、ここが病棟で、深夜だという意識がかろうじて残っていたからだ。そうでなければ、彼はきっと恐怖で絶叫していたことだろう。

『た…………た……』

女の声は切れ切れに聞こえるだけで、何を言っているのかはさっぱりわからない。ただ、それは「物音」などではなく、確かに人間の女の声だった。

「は……そ、んな、ばか、な……」

ベッドの上に身を起こしたまま、京橋の全身がカタカタと震え出す。見開いた目は狂おしく病室内を彷徨うが、人影らしきものはどこにもない。

「う……そ……」

カチカチとまるで時計のような音を立てて、京橋の歯が鳴った。両手の指が、シーツをきつく摑む。本当は今すぐ病室から逃げ出したいのに、腰が抜けてしまって動けないのだ。

「はわ……わ、わ、わ」

まともな日本語さえ出てこなくなって、京橋の目にジワジワと涙が滲み始めた。

(誰か……た、たす、け)

もう、格好悪いなどと言っていられない。恥も外聞もなく、ナースコールを押して助けを呼んでしまおう。京橋の震える指が、ジワジワとベッドの端から垂れ下がるコールボタンに向かって少しずつ動き始めたそのとき……。

誰も入ってくるはずのない病室の引き戸が開き、背の高い人物がぬうっと入ってきた。

「ヒイッ！」

新たな恐怖に襲われ、京橋は今度こそ悲鳴を上げようとする。だがその人物は、物凄いスピードでベッドに近づき、危ういところで京橋の口を塞いだ。

「む、むがッ」

（殺される！）

強張ってしまい、ろくすっぽ動かない手足をばたつかせ、京橋は侵入者に抗《あらが》おうとした。

だが彼の動きは易々《やすやす》と封じられ、その耳元で宥めるような声が聞こえた。

「しーっ……京橋先生、僕です。茨木です、落ち着いて」

「……えっ……？」

不格好にもがいていた京橋の動きが、ピタリと止まる。魂が抜けたような顔になった京橋の目の前には、確かに見慣れた茨木の顔があった。まるで売店の臨時店長をしていたときのような、Tシャツにジーンズというラフな姿だ。

「茨木……さん……？　なんで……？」

「ああ、やっぱり来てよかった」

溜め息混じりにそう言い、茨木はベッドの脇に立って上体を屈《かが》めた姿勢のまま、京橋をギュッと抱き締めた。その優しい体温に、京橋はようやく忘れていた呼吸を思い出す。

「どうして……ここ、に……？」

「あなたが大丈夫だとおっしゃるので、一度はベッドに入ったんです。でも、なんだか胸騒ぎがして……タクシーで病院に来てしまいました。ナースステーションでどう言ったものかわからなかったので、階段を登って、ナースステーションに詰めていた看護師さんが奥へ入った隙《すき》を見計らって、まるで忍者のようにここまで辿り着いたんですよ」

しっかりと京橋を抱き、まだ震えの止まらない背中を撫でてやりながら、茨木は優しく囁いた。

「病室に入ってみたら、あなたが恐怖の面持ちでガタガタ震えていて、なんとか間に合ったかと……。おや、そういえば、あんな顔をしてらっしゃったということは、幽霊が出たんですか？　ここに？」

どこかとぼけた様子で室内を見回す茨木に縋《すが》りついたまま、京橋は押し殺した声で訴えた。

「出た！　あ、いや、姿は見えなかったけど……声が！　聞こえるだろ、女の声……」

「……いえ、残念ながら、部屋に入ってきたときから、あなたの声以外は何も」

「………………あれっ……？」

京橋は、顎が外れるほどあんぐりと口を開いて動きを止めた。

いつの間にか、女の声は聞こえなくなっており、室内は再び静寂に包まれていた……。

第三章　君とお泊まり

「……は？」

それが、昼休みに消化器内科の医局を訪ねてきた京橋から、昨夜《ゆうべ》の「特別病棟十三号室の怪異」について聞かされた楢崎の第一声だった。

「お前……まさか昨夜、わざわざ病室に泊まったのか？」

自席で昼食途中だった楢崎は、昨夜の鳥居看護師長と同じくらいの呆れ顔でそう言い、椅子を回転させて身体ごと京橋のほうを向いた。

机の上にある万次郎お手製の弁当をチラチラ見ながら、楢崎の机の横に立ったままの京橋は憔悴《しょうすい》した顔で頷く。

「そうなんですよ。まさか、自分の患者が例の十三号室に入って、しかも『女の声』を聞いちゃうなんて、夢にも思わなかったですし……」

「それは不運だったなとしか言いようがないが、いくら主治医だからといって、お前がそこまでしてやる必要はなかっただろうに」

「それが、俺がちょっとしくじっちゃって」

十三号室に泊まり込む羽目になった経緯を、京橋はできるだけ簡潔に説明した。黙って聞いていた楢崎は、あからさまに馬鹿馬鹿しそうな面持ちで再び弁当箱に向き直った。海苔《のり》を巻き込んで綺麗な渦巻きに焼き上げた卵焼きを口に放り込み、シニカルな目つきで京橋の情けない顔を見上げた。

「女子高生の患者に焚《た》きつけられて、主治医御みずから幽霊退治に乗り出したわけか」

「退治とか、冗談じゃないですよ！　俺だって、ホントに声が聞こえるなんて思わなくて。茨木さんが駆けつけてくれなかったら、あのまま病室でへたり込んで朝を迎えるところでした」

「茨木？」

楢崎の箸がピタリと止まる。京橋は「しまった」という顔をしたが、もう後の祭りである。

「茨木が、駆けつけた？　面会時間などとっくに終了した深夜の病棟に、部外者が易々と入り込めたというのか？　幽霊なんかより、そっちのほうが遥《はる》かに大問題だぞ」

「あうう……す、すいません」

「茨木とて、今はサプリメント部門にいるとはいえ、製薬会社の人間だ。立場上、そんなことをすべきでないとわかっているだろうに」

厳しい楢崎の声に、京橋は必死の形相で頭を下げる。

「ホントにすみません。それは俺のせいなんです。昨夜、帰れない事情を電話で説明したんで、幽霊が怖い僕を心配して、様子を見に来てくれたんですよ。確かに部外者を入れちゃったのは問題なんですけど、俺が頼りないのがいけなかったんで、茨木さんを咎《とが》めずにいてあげてください。悪いのは、俺なんです」

半泣きの声で謝る京橋をそれ以上叱責《しっせき》するわけにもいかず、楢崎はやむを得ず表情を和らげた。

「……まあ、確かに病室でドクターが号泣している姿など、ナースも患者も見たくないだろうからな。そういう意味では、あいつがお前を宥めてくれたのはよかったかもしれん」

「い、いや、さすがに号泣ってことは……」

「だが、少なくとも腰くらいは抜かしたんだろう？　何しろ、ナースに話を聞いただけであの怯えようだったからな。実際に声を聞いたとなると、どうなるかは想像に難くない」

「う、そ、それは、まあ、確かに……軽く」

「まあいい。とにかくお前は十三号室で深夜、確かに女の声を聞いたと……そういうことだな？」

「はい。誓って、気のせいでも夢でもないです！　確かに女性の声で目が覚めたんです。起きたあとも、しばらくは聞こえてました」

「茨木も聞いたのか？」

「いいえ、茨木さんが来た頃には、聞こえなくなってしまっていて。でも、声は確かです！あの部屋、姿は見えなくても、誰かいたんですよ、絶対！」

「ふむ」

楢崎は、大真面目に幽霊の実在を語る後輩をどうしたものかと考えあぐねている様子で、シェルフを挟んで隣の同僚の席を指さした。

「ちょっと、そこの椅子を引いてきて座れ。大声でそんな話をしていたら、お前の頭がどうかしていると医局の皆に思われる」

「う……うう、はい」

どこまでもクールに言い放たれ、京橋はしょげた柴犬さながらの情けない顔つきで、コロつきの椅子を持ってきて、楢崎のすぐ近くに座った。

「食うか？　悪くないぞ。どうせ昼飯はまだなんだろう？」

「すいません、いただきます」

楢崎が差し出してくれた弁当箱から、京橋はおにぎりを一つ取って頬張った。

普段から小食の楢崎は、毎年夏バテが酷くてあまり食べてくれないと、以前、何かの折に万次郎がこぼしていた。そんな楢崎でも食べやすいようにと万次郎が心を砕いて作ったのであろうおにぎりは、あの大きな手でどうやって……と思ってしまうほど小ぶりでふんわり軽く握ってあった。具も、種を取った梅干しとちりめんじゃこと白胡麻《ごま》で、とてもあっさりしている。

「旨いですね。さすが間坂君だな」

感心する京橋に、やはり食が進まないらしい楢崎は、つまみ上げたプチトマトをすぐには食べず、指先でヘタを弄《いじ》りながら訊ねた。

「まあ、料理があいつの最大の取り柄だからな。それはともかく、お前を病室に泊まらせたその女子高生の患者は、どう言っていた？　律儀なお前のことだから、ちゃんと結果を正直に報告したんだろう？」

京橋は情けない顔で頷いた。ついさっき、診察のために病室を訪れたときの魚住唯香の顔を思い出し、ガックリと肩を落とす。

「滅茶苦茶勝ち誇られました。『ほーら、言ったとおりだったし！』って。昨日、気のせいじゃないかと疑ったこと、謝れって言われましたよ」

「だろうな。で、馬鹿正直なお前のことだから、それはもう誠実に謝罪したんだろうな」

「そ、それはだって、疑ったのは確かですからね。最初からそのことについては、正直に謝るつもりでしたよ。だけどそれだけじゃ済まなくて、さらなる要求を突きつけられました」

「さらなる要求？」

オウム返ししながら、楢崎はもっと食べろと言いたげに、持ったままの弁当箱を京橋に近づける。食欲はないが、残して帰って万次郎をガッカリさせたくないのだろう。そんな楢崎の、万次郎本人には決して見せない気遣いを内心可愛く思いながら、京橋は「じゃあ」とおかずを一つ摘まんでみた。

ウズラの茹で卵で作った小さなスコッチエッグと色よく茹でたミニオクラをピックで連ねて刺した、手の込んだ一品だ。

「美味《おい》しい。先輩、これ、凄く美味しいですよ」

「だろうな。しかし、二つは食えん。お前が一つ引き受けてくれて助かった。この半分の量でいいといつも言うんだが、あいつが聞かなくてな」

楢崎はしかめっ面でそうこぼした。

(そりゃ、半分の量で作ったら、それをまた残して帰ってくると思うからじゃないかなあ。これ、まんま食の細い子供用の弁当だもん。間坂君、愛だよなあ……)

しみじみとそう感じ、楢崎のために万次郎が心をこめて作ったものを自分が口にしてしまったことに軽い罪悪感を覚えながら、京橋は再び口を開いた。

「で、幽霊なんですけど。魚住さんが、こうなったら責任を持って幽霊の正体を見極めろって」

「はっ。何を偉そうに。そんなことまでしてやる必要はないぞ。放っておけ」

楢崎は冷ややかに吐き捨てたが、京橋は眉毛をハの字にして「そうはいかないんですよ」とぼやいた。

「そうはいかない？　なぜだ」

「僕も、今日初めて聞いたんですけど……魚住さんのお父さん、出版社のだいぶ偉い方らしくて」

「それは……いささか厄介だな」

その一言ですべてを悟ったらしく、楢崎の眉が曇った。フレームレスのシンプルだがお洒落な眼鏡をグイと押し上げ、弁当箱を机上に戻す。

卵焼きは勧めてくれなかったなと少し残念に思いつつ、京橋は頷いた。

「はい。もちろん、脅しだとは思うんですけど、ちゃーんと幽霊の正体を突き止めて、あの病室で二度と騒ぎが起きないようにしないと、お父さんに言って週刊誌の記事にしてもらうんだから！　なんて言われちゃいまして」

「しかし、いくら週刊誌が常にネタ不足だといっても、そんな馬鹿馬鹿しいことを記事にするとは考えにくいぞ」

「それが……ほら、僕が口を滑らせたせいで、彼女に以前幽霊騒ぎが三件あったことを知られちゃったでしょう」

「お前も迂闊だな」

「言われなくてもわかってますよ！　とにかく、幽霊が出るかもしれないと知っていたのに僕が黙っていたってのは、ある意味詐欺だって怒ってるんですよね、彼女」

弁当箱の上に箸を置いたまま、楢崎は指先で机の天板をとんとんと叩いた。軽く苛立っている証拠だ。

「どこの世界に、『この病室には幽霊が出るって噂ですよ』と患者に告げる主治医がいる。馬鹿馬鹿しい言いがかりだ」

「とはいえ、そんなことを週刊誌に面白おかしく書かれたんじゃ、僕だけじゃなく、病院全体の信用にかかわりますからね」

「まあ、それはそうかもしれん。どんなに小さな火の粉でも、キャンプファイヤー並に大きく育てる特殊スキルを持っているからな、ああいうところのライターは。その女子高生の患者とやらも、お前が見るからに善人そうだから、舐めてかかっているんだろう」

「うう……。舐められてるかもとは思います。でも確かに、幽霊の噂を黙ってたせいで彼女の信頼を損ねてしまったと思うと、主治医として良心の咎めるところがあるので」

項垂《うなだ》れる京橋の、誰が見ても人のよさを見てとれるであろうしょんぼり顔を見やり、楢崎は小さな溜め息をついた。

「そこがお前の弱いところでも、いいところでもあるからな。上司には……篠原准教授か、奥田《おくだ》教授には、その話を伝えてあるのか？　万が一、話がこじれたとき、お前の単独行動ではどうにも具合が悪いぞ」

京橋が所属する耳鼻咽喉科を束ねる奥田教授は、臨床の教授としては非常に若く、まだ四十代である。京橋と同じくアメリカ留学を経験した彼は、自由な発想を持つ天才肌で、数々の治療手技を編み出して国際的に高い評価を受けている。

それに対して、奥田より少し年上の准教授の篠原は典型的な職人肌の現場主義で、こちらは治療のテクニックに定評がある。

普通なら、かなり微妙な軋轢《あつれき》が生じても当然の奥田と篠原だが、二人の関係はすこぶる良好だ。奥田は実務を篠原にまかせ、大好きな研究と教育に情熱を注いでいるし、篠原のほうも、面倒な病院内の政治や論文執筆からは距離を置き、自分の天職である診療に全力投球することができる。

まさに、両者にとってお互いがパーフェクトに支え合い、補い合える貴重な存在なのだ。おかげで部下の京橋たちも、両極端な上司二人の生き方に学びながら、伸びやかに日々の仕事に打ち込むことができている。

そんなツートップの顔が脳裏に浮かんだのか、京橋は少し表情を引き締めて頷いた。

「今、俺、本来所属してるアレルギー班を一時離れて、腫瘍班で勉強させてもらってるんで、直接の上司が篠原准教授なんです。で、篠原先生に打ち明けてみたら、物凄く渋い顔で、『悪いが、そういう話は超常現象に造詣が深い人にしてくれ』って言われて、結局、奥田教授に……」

「だろうな。で？」

「いいじゃないか！　患者の悩みを解消するのが主治医の務め、それに君が幽霊騒ぎを解決してくれれば、僕も上司として鼻が高いよ……って、けっこうなハイテンションで言われました。まあ、だいたい予想どおりのリアクションだったんですけど」

「……つまり、幽霊の正体を突き止めることは、女子高生のワガママから教授命令にステップアップしたわけだ」

「そういうことです。ますます逃げられなくなりました。俺、幽霊とかホント苦手なのに」

椅子にかけた京橋は、少し背中を丸めて独り言のように嘆く。

これが他の人間なら、「そうか、気の毒にな。だが俺には関係ない」と突き放したであろう楢崎だが、アメリカ留学中から、とにかく危なっかしくて放っておけない京橋である。つい、親身になって今後の心配をしてしまう。

「で、どうするんだ？」

実にシンプルにそう問われ、京橋は肩を落としたままではあるが、どうにか元気を振り絞って笑顔を作った。

「開き直って、どうにかするしかないなって。今日は夜間診療所の当番を医局ＯＢから頼まれてるので無理なんですけど、明日の夜、もう一度、十三号室で夜を明かすことにしました。

その、先輩には叱られるかもしれないんですけど、茨木さんも一緒に」

「茨木が？　あいつが、今度ははなから堂々と病室に泊まるというのか？」

途端に声を尖らせた楢崎に幾分遠慮しつつも、京橋はハッキリと頷いた。

「はい。茨木さんはあんまり幽霊の実在を信じてないっぽいので、幽霊が闇雲に怖い俺より頼りになりそうかなって。あと、とにかく俺が聞いたって声を自分も聞いてみないと、分析のしようもないって茨木さんが言うんですよね」

楢崎は難しい顔で頬杖《ほおづえ》を突いた。

「それはそうかもしれんが、何も茨木でなくてもよかろう」

「だってそんなこと、同僚には頼めませんし、冷静な茨木さんなら頼りになるし……。あ、でもあの。もし、よかったら」

京橋は、実に遠慮がちに、しかし確実な意図を持って、楢崎の顔を見た。一方の楢崎は、光の速さで京橋の言わんとすることを察し、片手を上げる。

「いや待て。俺は病室になど泊まらんぞ」

「ええ～？　だって先輩、幽霊の噂をナースステーションで聞いたとき、本心では信じてないみたいだったのに、同じ女の人の声を三人もの患者さんが聞いたってことは、気のせいでは片づけられないって言ってたでしょう？」

「う……ああ、まあ」

「それがもう二人増えて、五人も声を聞いてるんですよ？　気になりません？」

楢崎は腕組みして、不機嫌に唸る。

「よりにもよって、増えた二人は、お前とお前の患者だからな」

「でしょう？　いっそ先輩も、真相を確かめてみたくないですか？」

楢崎はすぐには答えず、しばらく唇をへの字にしていた。その渋面こそが、何よりも承知の返事である。京橋は、急に明るい顔つきになり、ニッコリ笑った。

「やった！　人数が増えれば、怖いのが少しだけ薄まりますからね！　しかも茨木さんと楢崎先輩が一緒なら、他の誰がいるより心強いです」

「おい。俺はまだ一言も、一緒に泊まるなんて言っていないぞ」

「でも、先輩の顔はそのつもりだって」

「勝手に人の表情を読むな！」

「やった！」

「喜ぶな！」

声を荒らげはしたものの、「御免被る」ときっぱり言えなかった時点で楢崎の敗北は明らかである。結局、強引に明日の約束を取りつけ、京橋は来たときより倍ほど元気に去っていった。

入れ替わりに楢崎は、「どうしてこうなった」と痛み始めたこめかみを長い指で揉《も》みほぐす羽目になったのだった。

「そういうわけだから、明日は夕食は要らんぞ。当直でもないのに、泊まりだ。しかも病室にな」

夕食のテーブルで、万次郎に昼間の京橋の話を語って聞かせた楢崎は、そう締めくくって冷たい緑茶を口にした。最近の楢崎は、こうして不定期に休肝日を設けているようだ。あるいは、酒を飲む余裕すらないほど夏バテしているということかもしれない。

箸と小鉢を持ったまま耳を傾けていた万次郎は、楢崎が口を噤《つぐ》むなり「マジで！」と身を乗り出してきた。

「それ、凄くない？」

楢崎は、冷たいつゆに万次郎が用意した茄子《なす》の胡麻炒《いた》めをたっぷり入れ、それで素麺をひと啜《すす》りしてからしかめっ面で万次郎を見た。

「何がだ」

「だって、病院で幽霊が出るって部屋に泊まるなんて、すっごい肝試しじゃん！　やろうと思っても、なかなかできることじゃないよ？」

万次郎は子供のようにワクワクした顔でそう言った。二人の生気に質量保存の法則が成り立っているのかと思うほど対照的に、楢崎はゲンナリした表情になっていく。

「肝試してお前……。そんな楽しいものではないぞ。だいたい、本当に女の声が聞こえたとして、それが幽霊かどうかを立証するすべはないんだ。それこそ、具体的な恨み言を言うなり、姿を現すなりしてくれない限りはな」

「そりゃそうだけど……。でもちょっと冒険っぽくて面白そう」

「何が面白いものか。特別個室とはいえ、狭い部屋に野郎三人ひしめき合って、いるかどうかもわからない幽霊を待つなど、なんとかの沙汰《さた》だ。おまけに翌日は、幽霊が出ようと出まいと通常勤務なんだからな」

「あー……そりゃ大変だよね」

「まったくだ。そんなに肝試しがしたければ、どうせ部外者の茨木が泊まり込むんだ、お前も来ればいい……と言いたいところだが、いかんな。そんなことで寝不足になって、翌日、定食屋の仕事でヘマをやっては話にならん。それに……」

「それに？」

「俺は公私の別はきっちりつける。職場に、私生活のパー……」

うっかり「私生活のパートナー」と口走りかけて、危ういところで楢崎は言葉を呑み込んだ。意固地なまでに万次郎を恋人だとは認めない楢崎だが、心の中ではとっくに彼を受け入れている。だからこそ、素直な表現が口を突いて出そうになったのだ。

「ぱー？」

幸い、横文字に強くない万次郎には、楢崎が言いかけた言葉に見当がつかなかったらしい。くだんの犬の置物とそっくり同じ角度で首を傾げる。

「な、なんでもないっ。とにかく、私生活の知り合いを職場に引っ張り込むような節度のないことは、俺は絶対にしないんだっ」

やけに切り口上でそう言い、楢崎はずれてもいない眼鏡を押し上げた。レンズの奥の、日本刀を思わせる精悍《せいかん》な目の周囲が、うっすら赤らんでいる。楢崎の軽い動揺の理由を理解できないまま、万次郎は曖昧に頷いた。

「そりゃそうだよね。部外者でも、賢い茨木さんならともかく、俺じゃ幽霊が出ても、ビックリするだけで役に立てそうにないし」

「う、うむ！　まあ、茨木とて役に立つまいが、枯れ木も山の賑《にぎ》わいというからな。……とにかくそういうわけだから、明日はせいぜい楽をしろ」

楢崎にそう言われ、万次郎は少し考えてからこう言った。

「んー、だったら俺、夕方からちょっと走りに行こうかな」

万次郎の意外な言葉に、楢崎は素麺をたぐる手を止めた。

「走る？」

「うん。マンションのあたり、けっこうジョギングだかランニングだか、やってる人見かけるから」

「それはまあ、表通りを外れれば車の往来も少ないし、走るにはいいかもしれないが、いきなりどうした？」

訝しげな楢崎に、万次郎はちょっと照れくさそうに鼻の下を擦った。

「いやほらさ、来週、例の『とことこ商店街　働く男たちのカレンダー』の撮影があるんだって。あの、半裸のやつ」

それを聞いて、楢崎は思わず苦笑いした。

「なんだ、しばらく聞かんから、あの話は流れたのかと思っていた。まさか、まだ進行中だったとはな。本当にそんなカレンダー、需要があるのか？」

万次郎は少し困り顔で首を左右に傾ける。

「うーん、俺もそこんとこはわかんないけど、まあ、カレンダー自体はお馴染みさんに配るために、商店街で毎年作ってるんだって。だけどそれって、写真が趣味の店主さんたちが撮った、花だの山だの猫だののカレンダーで……」

「ふむ。それでは商店街を連想させるものではないな」

「そうなんだよ。だから今年は、商店街の男たちカレンダー。評判よかったら、来年は女たちカレンダーかなって。もちろん、そっちは脱がないよ！っておかみさんたちが言ってるみたいだけど」

「それは……まあ、そ……のほうがいいかもしれんな」

さすがにジェンダーにまつわる微妙な問題には言葉を濁し、楢崎は自分の分の素麺を食べ終えて大儀そうな溜め息をついた。夏は極端に食欲が落ちる彼にとって、食事はある意味、覚悟を決めて挑まなくてはならない大仕事なのである。

「今日はたくさん食べられたね。やっぱ素麺だと、喉を通りやすいのかな。……デザートのスイカ、持ってくるね」

日々、そんな楢崎にきちんと食べさせようと工夫を凝らす万次郎も、ホッとした様子で席を立った。

今夜は細めの素麺をキリッと冷やし、焼いた鰺《あじ》をほぐして胡瓜《きゅうり》と酢の物にしたものを添えるという実にシンプルな夕食だった。ただし、茄子の胡麻炒め、細切りのハム、錦糸卵、プチトマトのおひたし、細切りにした焼き椎茸《しいたけ》といった素麺つゆに入れるトッピングをたくさん用意して、少しでもたくさんの品目を楢崎に摂らせようという、涙ぐましい工夫が凝らされている。

「それで、撮影のためにわざわざ走るのか？　確かその……広告屋の名はなんと言った？」

よく冷えたスイカのひとかけをフォークでザクリと刺して頬張り、楢崎は怪訝そうに先刻の話題を持ち出した。

手を汚すのが好きではない楢崎は、スイカを手で持って齧るのを嫌がる。それを学習済みの万次郎は、スイカを二口大くらいに赤いところだけ切ってカフェオレボウルに盛りつけて出すことにしている。

「原田宏行さん。八百政の原田さんの息子さんだよ、広告代理店に勤めてる」

「ああ、それだ。その原田という人物曰《いわ》く、撮りたいのは、働く男たちの、自然な方法で鍛えられた身体ではなかったのか？　その場合、走り込みなど不要だろう」

「それは確かに、そうなんだけど」

「何か理由でもあるのか？」

本当は大ぶりに切ったスイカに齧りつくほうが好きな万次郎は、小さな一かけを物足りなそうに口に放り込んでから、恥ずかしそうに答えた。

「理由ってほど大したもんじゃないけど、うちは貧乏だったから、俺、ちゃんとした写真を撮ってもらったことはなかったんだ。でも二十歳《はたち》になったとき、先生が生まれて初めて、ホテルの写真室に連れてってくれて、そこでプロのカメラマンに写真撮ってもらってさ。俺ね、あんとき知ったんだ。記念写真っていいもんだなって」

「……そんなこともあったな。お前ときたら、着慣れないスーツで、しかも過度に緊張して全身ガチガチだったものだから、カメラマンがなかなか自然な写真が撮れず、四苦八苦していたのを覚えている」

スイカのシャクッとした爽《さわ》やかな食感を楽しみながら、楢崎は幾分懐かしそうに頷く。万次郎は席を立ち、テーブルを回り込んで楢崎の背後に立った。軽く身を屈め、背もたれごと、楢崎の身体をギュッと抱く。

「おい。暑苦しい」

エアコンの効いた室内なのでどうということはないのだが、照れくささも手伝って、楢崎はぶっきらぼうに万次郎を咎める。だが万次郎は、楢崎の首筋に鼻面を押し当て、甘えるように言った。

「あんときのツーショット写真、寝室に飾ってあるだろ？　先生はあんま気にしないかもしれないけど、俺は毎晩見てるよ。そんで、そのたび嬉しくなる。見ればすぐ、あの夜の気持ちを思い出せるから」

「………」

シャリ、と口に入れたばかりだったスイカを咀嚼《そしやく》するだけで、楢崎は何も言わない。だが、胸元に回された万次郎のたくましい腕を、彼は振りほどこうとはしなかった。

「あの頃、俺はまだ先生んちに転がり込んだばっかでさ。料理も家事も今ほど要領よくできなかったから、先生には迷惑かけてばっかだったと思うんだ」

「……まったくもって、そのとおりだ」

「それでも先生、俺が二十歳の誕生日が来たことをしばらく言わずにいたこと、怒ったよね。そんな大事な節目の日に、何もしないとは何ごとだ！って。そんで、本当はこういうことは当日にするものだってまだ怒りながら、お祝いにスーツ買ってくれて、革靴買ってくれて、食事に連れてってくれて……写真を撮ってくれた」

「どれも大したことじゃない」

「大したことだよ！　俺、先生の傍にいられるんだったら、先生が俺のことなんか全然好きじゃなくても、どうでもいいと思われててもかまわないって思ってた。だけど、やっぱそんなことない。俺の気持ちを受け入れてもらえるのはありがたいし嬉しいけど、先生が優しい気持ちをくれるのは、もっと嬉しい」

「……俺は、別に」

「誰よりも好きな人が、俺が二十歳になったことを『大事な節目』だって言ってくれて、ちゃんと形にしてお祝いしてくれる。それって物凄くあったかくて幸せなことだって、あの夜、初めて知ったんだ」

「大袈裟だ」

　耳元で聞こえる万次郎の声がほんの少し震えているのに気づかないふりで、楢崎は素っ気なく言い放つ。だが、そんな彼の虚勢とは裏腹に、正直な彼の手はそっとフォークをテーブルに戻し、そのまま自分を抱き締める万次郎の腕に触れていた。

「大袈裟じゃないよ！　写真って、そのときの姿だけじゃなくて、気持ちまでずーっと残してくれる大事なものなんだなってわかったんだもん。……だからさ。写真を撮ってもらうってことに目いっぱい真剣でいたい。できる範囲でだけど、最高の俺を撮ってほしいなって思うんだよ」

「……それで、走るのか」

「うん。ジムに通って鍛えるとかは、さすがにやりすぎだと思うからさ。時間があるときにちょっと走って身体を絞るくらいなら、やってもいい努力かなって。たまに近くの店に出前があったりすると、岡持持って走っていくからね。ランニングは、仕事の延長だよ」

「……なるほど。しかし、お前も意外とナルシストだな」

「えー！　そういうんじゃなくて、俺はただ……」

「まあいい。とにかく離れろ。暑い。あと、重い」

そこでようやく、自分の右手が万次郎の腕の上にあることに気づいた楢崎は、照れ隠しのように太い腕をピシャリと叩いた。だが万次郎は、いっそう力をこめて楢崎を抱き締める。

「おい。俺を窒息死させる気か」

抱擁が固すぎて、首を動かすことすらままならぬ状態で、楢崎は万次郎を叱りつけた。しかしその声に、怒りの色はない。おそらく楢崎の脳裏にも、当時の万次郎の初々しすぎるスーツ姿が甦《よみがえ》っているのだろう。……ついでに、今よりずっと粋がって気を張っていた自分の姿も。

「もうちょっとだけ」

グリグリと大きな犬のように楢崎に頬ずりをしてから、万次郎は楢崎の耳元で囁いた。

「あのさ、もし明日、病室でホントに幽霊が出てヤバかったら、絶対、俺のこと呼んでよ。俺も幽霊と戦ったことはないけど、先生のことは絶対守るからね！」

「……阿呆。出てから呼んでも間に合わんだろう。そもそも幽霊が人間に襲いかかったなんて話は、聞いたことがないぞ」

「それもそっか。……でも、何かあったら連絡して。迎えに飛んでいく！　あ、あと、何か差し入れ持ってこいってのも大歓迎だからね！」

「……いいから、こっちのことは気にするな。お前は走って、せいぜい身体を絞ってこい。だが、くれぐれも熱中症と脱水には気をつけろよ。ここのところ、夜も思ったほど気温が下がらないからな」

「わかった！　気をつける。……それはそうと、先生。せっかくこの体勢だし、いっぺんだけちゅーしていい？」

まるで忠犬がご主人に「フリスビーを投げて」とねだるような調子で、万次郎は楢崎にキスをせがむ。

出会った頃の……それこそ、万次郎の二十歳の誕生日を祝った頃の彼ならば、「馬鹿を言うな」と言下に立ち上がったことだろう。

しかし、なんとなく当時の記憶が甦ったせいか、今、こうして万次郎が彼の人生に深く食い込み、もはや彼なしの生活が考えられなくなってしまっていることを自覚しているせいか、あるいは……。

(夏バテのせいだ！　夏バテで、こいつを突き飛ばす気力がない、それだけだ。キス一つでこいつが自分から離れるなら、安いものじゃないか)

どう考えてもありそうにない言い訳を心の中で展開しながら、楢崎は片手で万次郎の顎から頬にかけてを、文字どおり鷲掴《わしづか》みにした。

「ふがっ⁉」

やわらかい頬に食い込む指先に、万次郎は目を白黒させる。

体格差を考えればいたし方ないことではあるのだが、もう幾度となく万次郎と身体を重ねていても、年上であり、同じ男である自分が常に抱かれる立場にあることに、いまだにいささか釈然としないものを抱えている楢崎である。キスまで万次郎にアドバンテージを取られてはたまったものではないというのは、彼の男としてのせめてもの矜恃《きょうじ》だった。

「いいか悪いかを決めるのは、俺だ」

「う、うう？」

楢崎の手に縛《いまし》められて満足に喋れない万次郎は、ドキドキが抑えきれない顔で楢崎を凝視している。

「まあ……一度くらいなら、お互い、明日の景気づけによかろう。とっとと目を閉じろ」

叩きつけるようにそう言うと、楢崎はもう一方の手で乱暴に自分の顔から眼鏡をむしり取った。そして、まだ目を白黒させている万次郎にかまわず、目の前でアワアワと動く肉感的な唇に、わざと歯を立ててガブリとワイルドなキスをお見舞いした……。

＊　＊

そして、翌日……いや、正確には翌々日の午前一時四十分を少し過ぎた頃……。

特別病棟の十三号室には、約束どおり、三人の男が集っていた。

「まったく。鳥居師長が帰り際、馬鹿を見る目をしていたぞ。俺の評判が下がったことについては、いつか借りを返してもらうからな、チロ」

吐き捨てるようにそう言ったのは、大きなソファーにふんぞり返った楢崎だった。業務はとっくに終えているが、院内に留《とど》まっている以上、私服に着替えるわけにはいかない。昼間と同じ、ワイシャツとネクタイに白衣を羽織るという堅苦しい服装の彼は、さすがにネクタイを少し緩め、シャツのいちばん上のボタンを外し、ついでに白衣の前も開けっぱなしにしている。

靴を脱いでいるとはいえ、ローテーブルに両足をどっかと乗せた姿勢はとても褒められたものではないが、そうでもしていないとやっていられないのだろう。ついさっきまでその姿勢で一時間ほど仮眠していたので、寝起きの機嫌の悪さをそのまま眉間の縦皺で表現している。

京橋も上のボタンを二つ外したケーシー姿、部外者である茨木も、今夜は楢崎と同じような服装をしていた。茨木が一緒に宿泊することを看護師たちに不審がられないよう、「カリノ製薬の社員で、オカルト現象に詳しい男に来てもらった」と、京橋が鳥居に説明したからだ。

無論、名刺も渡したが、白衣を羽織っているほうが、より製薬会社の研究員らしく見えると踏んだ茨木の思惑が見事に的中し、鳥居は茨木の温厚そうな外見に警戒心を解いたようだった。そして、「そういえばこの前、テレビで『幽霊の正体を科学で解き明かす!』とかいう番組をやってましたものねえ。ここの幽霊にも、何か理屈がつくといいんですけど」と言いながら、勤務を終えて引き上げていった。

「うう、すいません、先輩。でも、『楢崎先生がいてくださったら、出てきた幽霊も怖がって逃げていくかも』って言ってましたよ、師長」

茨木と並んでベッドに腰掛けた京橋は、申し訳なさそうに、けれど笑ってそう言った。茨木も、ペットボトルのお茶を飲みながら、照明を落とし、ベッドサイドの灯りだけを点けた室内を見回した。

「そう願いたいところですね。日付の変わる少し前から、かれこれ二時間近くここにいますが、今のところ何も起こっていません。このまま何ごともなければ……」

「それ、困る！　なければ、一昨日の俺が怪談に怯えて幻聴を聞いたとか、そういう話になっちまうだろ！」

不満げな京橋に食ってかかられ、茨木は唇に人差し指を当てて微苦笑した。

「これは失礼。でも、もう少しお静かに。ここは角部屋ですが、片方のお隣には患者さんがお休みですからね」

「う……ゴ、ゴメン。そうだった」

部外者である茨木に窘《たしな》められ、京橋は決まり悪そうに肩をすぼめる。そんな姿に、楢崎は苦笑いして言った。

「しかし、確かに茨木の言うとおりだ。何ごともなかったときのことを考えていなかったな。どうするつもりだ？　明日の夜は、もうつきあえんぞ」

「えぇーっ」

そんな先輩の薄情な台詞に、京橋はボリュームは抑えているものの、表情を目いっぱい変えて抗議の意を示す。

「僕も、連日はちょっと厳しいですねえ。今、研究が佳境なものですから」

「ええぇ、茨木さんも!?」

「すみません、やはり今夜、『何か』があることを祈るしかないですね」

「うう……ないと困るし、あっても嫌だな。あの声、ホントに気持ち悪かったんだよ。こう、切れ切れで……」

京橋が、まだ記憶に新しい「謎の女の声」を思い出して小さく身震いしたそのとき、彼の目が裂けんばかりに見開かれた。無意識に、傍らの茨木に身を寄せる。

「京橋先生？　どうなさいました？」

そんな京橋に気づき、茨木はさりげなく……実にさりげなく京橋のケーシーの背中に腕を回しながら問いかける。

「あ、いや……今、何か、引き戸が開いた……ような音が？」

「そうですか？　僕には聞こえませんでしたけど」

茨木は小首を傾げた。病室に入ってすぐのところに簡易キッチンとシャワールーム、洗面所があるので、ベッドからは入り口が見えない。

入り口に背を向けて座っている楢崎が、そちらへ首を巡らせようとしたそのとき……。

「お邪魔しま～す」

そんな密《ひそ》やか、かつどこか軽やかな女性の声が聞こえて、京橋は文字どおり飛び上がった。驚きと恐怖のあまり、声が出なかったのは不幸中の幸いである。茨木は、そんな京橋をしっかり抱き寄せて守ろうとしたが、ふと何かに気づいて動きを止めた。

楢崎も、テーブルから足を下ろしつつ、口を開いた。

「なるほど、君が、京橋に幽霊事件の調査を命じた、女子高生のお偉い患者さまか」

崎先生がおっしゃるように、五分、十分の滞在を許して差し上げたほうが無難でしょう」

「うう……」

茨木にも小声で忠告され、京橋は膨れっ面で渋々妥協する。

「わかったよ。その代わり、僕らがこうして誠実に努力してるところをその目で見たんだし、もう週刊誌云々《うんぬん》で脅すのはやめてくれよ？」

「ん〜、それはこれからの展開次第かなっ」

ぺろっと舌を出して悪びれずそんなことを言うと、唯香はソファーに座って両足をブラブラさせた。左耳を覆う分厚いガーゼと包帯がなければ、もう病人には見えないくらいの元気を取り戻しつつある。さすが十代というべきだろうか。

「まったく。だいたい君はそういうところ、ちょっとワガママが過ぎ……」

「シッ」

さすがに京橋が、この機会にきっちり小言を言ってやろうとしたそのとき、茨木が鋭く京橋を窘めた。榗崎も、ソファーから静かに背中を浮かせる。それまでどちらかといえば深夜の冒険にはしゃいでいた唯香も、その可愛らしい顔を引きつらせた。

『ご……ぉ、お…………す』

室内に流れたのは、切れ切れの微かな……女の声だった。

（あの声だ！）

京橋の顔から、またたく間に血の気が引いた。左手が、頼りなくベッドのほうへ差し伸ばされる。茨木は大型の猫のように足音を立てずにベッドから飛び降りると、そんな京橋の手をしっかり握ってやりつつ、楢崎と唯香に唇の動きだけで「聞こえますか？」と問いかけた。

「これ……この声よ。私が聞いたのも、これ！」

さすがに恐怖が甦ったのだろう、唯香は同じソファーに座っている楢崎の腕に縋りつく。楢崎はあからさまに迷惑そうな顔をしつつも、茨木に頷いてみせた。

病室に居合わせた四人共が同じ女の声を聞いている、つまり同じ驚きを分かち合っているという事実が、動揺と恐怖からほんの少し彼らを守り、落ち着かせてくれた。

『……じ……っ……た』

女の声に、四人の押し殺した呼吸音が微妙に重なる。

「何を言っているのか、さっぱりわからんな」

低い声で楢崎が言うと、茨木もコアラのように京橋にしがみつかれながら、冷静沈着に頷いた。

「こうも小さな声では……。楢崎先生」

「わかった」

名を呼ばれ、目を動かされただけで、茨木の要求を即座に理解した楢崎は、唯香の手を素っ気なくほどくと、立っていって部屋の灯りを点けた。皆、突然の光に目が眩《くら》み、思わず両目をつぶったり、手で光を遮ったりする。

そんな中でも、謎めいた女の声は聞こえ続けていた。

『よ……と、り…………さい』

ようやく明るさに慣れた四人は、それぞれ室内を見回した。楢崎と唯香は、室内をあちこち見て回る。ロッカーを開け、ベッドの下を覗き、そして二人同時に首を振った。

「誰もいなーい」

「いないな。この部屋に、女はいない。だが、声は聞こえる」

楢崎の落ち着き払った様子につられて、唯香も意外と冷静に振る舞っている。

「ううう……、い、茨木さん……！」

唯一、恐怖で足をガクガクさせ、茨木の腕に縋りついて身を支えている京橋は、救いを求めるように恋人の名を呼んだ。もう、患者の前だという自制心など、とても保っていられない。

だが、京橋を支えつつ、じっと女の声に神経を集中させていた茨木の顔が、謎めいた表情を形作っていく。

最初こそ驚いていた彼だが、今は……獲物を見つけた猟犬のような、高揚しつつも楽しんでいることが明らかな奇妙な笑みを浮かべているのだ。

「い、茨木、さん……？」

女の声も怖いが、今の茨木の表情も少しばかり怖い。思わず京橋は、茨木から手を離し、半歩あとずさった。

『……ゆた……った…………さ』

女の声が、ふとやんだ。四人はそれでもなお無言で待ったが、女の声は、それきり聞こえてこない。

「幽霊……いなくなったの?」

唯香は楢崎に問いかける。楢崎は片手で黒髪を撫でつけながら、投げやりに答えた。

「もとからいたかどうかがわからんだけに、その質問には答えられんな。だが、確かに沈黙したようではある」

「……よね。私のときも、このくらいだったと思う。ほんの少しの間、聞こえるだけなの」

「奥ゆかしいのかしつこいのか、わからん幽霊だな。……ああいや、幽霊かどうかすらわからないんだが」

「幽霊でしょ!」

そんな唯香と楢崎の会話を聞き流し、茨木は片手を口元に当てて、病室の枕元あたりをゆっくりと歩いていたが、やがて何を思ったか、唐突に窓際にあるアンティーク風のスタンドライトに歩み寄った。

「京橋先生、このライト、このフロアの他の病室にもあるんですか?」

「えっ？　あ、いや、どうだろ」

京橋はポカンとするばかりで、まともな返事ができない。代わりに答えたのは、このフロアで何人も患者を担当したことがある楢崎だった。

「いや、ここだけだ。このフロアは、それぞれの病室にテーマがあって、一部の家具類はそのテーマに合わせてあるらしい。この部屋は、さしずめヨーロピアンアンティーク調といったところか。だからソファーも猫足だし、クローゼットもそれらしいデザインだし、診察の邪魔にならないところに、そういうゴテゴテしたライトも据えてある」

「なるほど」

茨木の笑みが、ますます深くなる。京橋は、楽しそうに揉み手まで始めた恋人の意図がわからず、オロオロするばかりだ。

「茨木さん、いったい何を……」

「すみません、ちょっと持っていていただけますか？」

そんな京橋に、茨木はメタルフレームの眼鏡を外して差し出した。京橋は、途方に暮れた顔つきで、それでも両手でそれを受け取る。

「おい、茨木。お前、何を……」

「すみません。皆さん、しばらく静かにしていてください」

まるで世間話でもするような調子の茨木に毒気を抜かれ、三人はその場に立ち止まって口を噤む。すると茨木は何を思ったか、スタンドライトのシャフト部分に耳を押し当てた。そしてそのまま動きを止める。

「いば……」

思わず呼びかけようとした京橋をわずかな手の動きで制止し、全身の神経を耳に集中させていた茨木は、やがて会心の笑みを浮かべて京橋に歩み寄った。

「謎はすべて解けた……というのは、こういうときに使うべき台詞なんでしょうね。僕には似合いませんが」

そう言いながら、呆然としている京橋の手から眼鏡を受け取ってかけ直す。

「どういうこと？　それ、幽霊の正体がわかっちゃったって意味？　スタンドに頭くっつけただけで？」

「ええ」

「どういうことだ？　スタンドに幽霊が取り憑《つ》いていたとでも言うのか？」

楢崎も、腑《ふ》に落ちない表情で声を尖らせる。彼は、茨木の遊び心と言えば聞こえはいいが、こういう芝居がかったやり方を好むところが、どうにも気に入らないのだ。

不機嫌な顔で白衣のポケットに両手を突っ込んだ楢崎に、どこか優越感の滲んだ笑顔で応え、茨木は実にやわらかな口調でこう言った。

「ある意味、そうですね。ですが、種明かしには、ちょっとしたガジェットが必要なんです。

しばしお待ちを」

そう言うなり、茨木は病室から出ていった。

「くそ、もったいぶりやがって」

楢崎はムスッとした顔でソファーにどっかと座り、唯香もその隣に腰を下ろした。京橋だけが、可哀想なほど狼狽《うろた》えたまま、病室の中をウロウロする。

「いったい、なんのつもりなんだろ、茨木さん。謎が解けたってことは、幽霊の正体がわかったってことで、それって幽霊がいたってことに……うわああ……」

「落ち着け、チ……京橋先生。椅子にでも座れよ」

「そ、そんな気分じゃ……」

京橋はセルフレームの眼鏡を外して子供のように目を擦ってから、さっき茨木が耳を押し当てていたスタンドライトを薄気味悪そうに見た。

「これ……あくまでもアンティーク風であって、ホントに古いものじゃないですよねえ？その、幽霊が宿りそうなアイテムじゃ……」

「ないな。豪華に見せる意図で置かれたものだが、決して本物のアンティークでも一流品でもない。まあ、雰囲気はそれなりにあるがな」

こういうとき、インテリアやファッションに詳しい楢崎は、辛辣《しんらつ》な審美眼を披露する。

「だよねえ。なんだか安っぽいと思ってたの。私はあんまり好きじゃない、ああいうの。シンプルなデザインのほうが好きだな。北欧っぽいのとか。今いる病室のインテリアも、なんかだっさいのよね」

こちらも、おそらく「本物」に囲まれて育ったであろう唯香は、煩わしそうな視線をスタンドライトに向けた。確かに、女子高生の趣味に合いそうなアイテムではない。

そこへ、茨木が戻ってきた。その手には、何か小さなものが握られている。

「お待たせしました。では、幽霊の正体見たり枯れ尾花……といきましょう」

そう言うと茨木は、手の中にあったものをソファーの前のローテーブルに置いた。それは、小型のMP3プレイヤーだった。並んで腰掛けた楢崎と唯香はそちらへ身を乗り出し、京橋も茨木の傍らに駆け寄ってくる。

「これは、ナースステーションでお願いして、録音してもらっていたものです。聞いてみてください」

そう言うと、茨木は再生操作をした。接続したミニスピーカーから、幾分割れ気味ではあるが、はっきりした人間の声が聞こえてくる。

『午前二時過ぎをお知らせします。すっかり夜も更けました』

「！」

茨木を除く三人が、同時に息を呑んだ。

「これは、さっきの」

楢崎は、珍しくストレートに驚いた顔で茨木を見た。彼が言おうとした台詞は、見事に唯香が引き継ぐ。

「さっき、ここで聞いた女の人の声に……似てる！　さっき聞いたのは切れ切れだったし、凄く小さな声だったけど……確かに似てるわ」

「そう……かも？」

京橋も、半分魂の抜けたような顔で、一同の顔を見回し、小さく頷く。

『ラジオに耳を傾けてくださっている皆さん、今夜も素敵な時間をお過ごしいただけましたでしょうか』

とても落ち着いたしっとりした女性の声が、優しく語りかけてくる。

『でも、今夜はここまでです。夜のとばりにゆったりと包まれ、安らかにおやすみください。また明日。これから三十分間流れる音楽が、皆さんを静かな眠りの世界に誘《いざな》ってくれますように』

女性の声のバックには、ごく控えめなボリュームで、静かな音楽が流れている。やがて親しげな挨拶《あいさつ》を最後に女性の声はやみ、音楽だけが流れ続ける。

ようやく茨木の言わんとすることを理解したらしい楢崎は、どこか悔しげに小さく舌打ちして口を開いた。

「なるほど。我々が……そしてそれ以前の三人の患者たちが聞いたのは、ラジオの声か」

　茨木は温厚ないつもの笑顔で頷き、ＭＰ３プレーヤーを操作した。同じ女の声が、再び聞こえ始める。

「京橋先生のお話を聞いたときから、もしやと思っていたんです。それで昨夜、自宅で午前二時前後に放送しているＡＭラジオ番組を聞きまくりまして。それらしい局を、今夜、ナースステーションで録音してもらいました」

「待て。なぜ、ＡＭに限った？」

「周波数の問題です」

「ゲルマラジオの原理か！」

「ご明察。さすが、楢崎先生ですね」

　唯香は少し怒った顔で、二人の会話に割って入った。

「待ってよ！　私、全然わかんないんですけど！　それに、ラジオなんて病室に置いてなかったわ！　声だって、こんなに綺麗に聞こえてなかったし！」

　楢崎は面倒くさそうにそっぽを向いたが、茨木は、高校教師の如《ごと》き忍耐強さで、唯香に丁寧に解説してやる。

「ええ、もちろん、ラジオがあれば、もっと綺麗に聞こえていたでしょう。ですが、この病室のあるものが、ＡＭラジオのとある局の周波数を捉《とら》えてしまっていたんです。まるで簡易ラジオのようにね」

京橋は、弾かれたように立ち上がり、スタンドライトを指さす。

「もしかして、それが……あれ⁉」

「ええ、そうです。あのスタンドライトの素材はアイアン、しかもご丁寧に、古く見せるために、わざと薬品を用いて錆《さ》びさせてあります。……錆びた鉄は、検波器に使えるんですよ。つまり、わかりやすく言えば、ラジオの電波をキャッチすることができるんです」

「へえ……！　すっごい。ヤバイ」

唯香はぱっちりした目をまん丸にして、今どきの言葉で驚きと感動を表現する。京橋は、まだわからないといった様子で、ＭＰ３プレーヤーを指さした。

「だけど、ラジオだったら一日じゅう聞こえてもいいはずだろ？　なんでこの時刻、この人の声だけが聞こえたんだ？」

それに対しては、ようやくことの次第を完璧《かんぺき》に理解した楢崎が、ツケツケと答えた。

「本当は、聞こえているんだ。さっき茨木がしたように、スタンドのシャフトに耳を押し当てれば、微かな音が聞こえるはずだ。だが、この女性の声が、特にこのスタンドには馴染みがよかったんだろう。だから、他の音よりハッキリ聞こえた。ハッキリといっても、あの程度だったわけだが」

「なんだ……。それで午前二時頃だけ、あの女の人の声だけが、聞こえたってわけか。幽霊じゃなかったんだ……」

安堵のあまり、京橋はすっかり脱力してしまう。そんな京橋をベッドに腰掛けさせてやり、茨木は楢崎と唯香に両腕を軽く広げてみせた。

「深夜にひたすらクラシック音楽を流す番組ですから、彼女の出番は、番組の終了を告げるときだけなんです。それで、あんなに短いメッセージが切れ切れに、まるで女の幽霊が何かを訴えているように聞こえたというわけです。……これで納得していただけました？」

「かっこいい……！　ホントに探偵みたい。超納得した！　理屈がわかったら、面白い。なんだか、楽しくなってきちゃった」

唯香は屈託なく笑うと、ぴょこんと立ち上がった。そして、ベッドにへたり込んでいる京橋の顔を覗き込み、クスクス笑う。

「先生とお友達の頑張りに免じて、許してあげる。幽霊事件、無事に解決ね。これで気持ちよく眠れそう」

そう言って病室を出ていこうとする唯香を呼び止め、楢崎も立ち上がった。

「若干癪《しゃく》に障るが、鮮やかな謎解きだったな。……では、彼女を病室まで送り届けて、俺も仮眠室へ引き上げる。今度、酒でも奢《おご》れよ。おやすみ」

京橋の肩を叩くと、茨木に皮肉っぽい視線を投げ、楢崎は唯香を伴って出ていった。病室には沈黙が落ち、茨木と京橋だけが残される。

「はあ……なんだよ、もう。ラジオとか、信じられない。幽霊だなんて思った自分が、恥ずかしくて死にたいよ」

京橋は背中を丸め、情けない顔でぼやく。茨木は、なぜか再び灯りを消すと、そんな京橋の隣に腰を下ろし、慰めるように恋人の肩を抱き寄せた。

「そんなことをおっしゃらないでください。幽霊ではなくて、よかったじゃないですか」

「それはそうなんだけど！」

「あのスタンドライトさえ取り除けば、問題は解決ですよ。早く片づいてよかった。いくら夏は夜明けが早いといっても、まだ十分に時間があります」

なぜかそう言って、茨木は京橋の顔からセルフレームの眼鏡をヒョイと外した。そしてそれを、サイドテーブルに置いてしまった。

「ちょ……な、何考えてんだよ。俺たちも、とっとと引き上げて家に……」

茨木の不穏な動きにギョッとした様子で、京橋は我に返り、立ち上がろうとする。だが、その肩を抱き込んで身動きを許さず、茨木は笑いを含んだ声で囁きかけてきた。

「待ってください。幽霊事件解決のご褒美を、僕はまだいただいていません」

さっきとは別の意味で、京橋の顔が引きつっていく。

「ちょっと待った。……茨木さん、まさか」

その疑念を肯定するように、茨木は京橋の強張った頬に、小さな音を立ててキスをした。

「だって、職場で、ケーシー姿のあなたに触れられるチャンスは、滅多にありませんから。

今回のご褒美は、是非この姿のあなたで」

京橋は、さっき「幽霊の声」を聞いたときに匹敵する狼狽ぶりで、茨木の手を振り払おうとした。

「いや、駄目だって。だって、ここは病室だし、さっき楢崎先輩が出ていったってことは、調査は終わったってナースステもわかっちゃうし。やばいよ」

だが京橋の抵抗を易々と封じ込めて、茨木はクスリと笑った。

「ええ、さっきＭＰ３プレーヤーを取りに行ったとき、もう帰るのも面倒なので、僕たちは病室で雑魚寝《ざこね》をするからかまわないでくださいとお願いしておきましたよ。ですから朝まで、ここには誰も来ません」

「……うッ」

見事に外堀を埋められて、京橋は言葉に詰まる。

（そうだった……。茨木さん、こうと決めたら滅茶苦茶周到なんだった……！）

日頃は温厚で優しく、京橋の意志を何より尊重してくれる茨木だが、強く願ったことに関してだけは、恐ろしく押しが強く、決して折れることはない。

しかも厄介なことに、彼は京橋自身すら気づいていない心の奥底を読みとることにも、驚くほど長《た》けているのである。

つまり……。

「心配になるほど、鼓動が速いですよ？　もう幽霊はいないとわかったのに、まだ怖いんですか？　それとも……」

僕が怖いですか、あるいは病室でこんなことをするのが怖い……？　と掠れ声で囁きながら、茨木は器用に京橋のズボンのボタンを外し、ゆっくりとファスナーを下げていく。

自分では決して信じたくも気づきたくもなかったが、神聖な職場である病院、しかも病室の中で恋人に強く求められているというこの一種異様な状況に、京橋は恐怖と羞恥《しゅうち》と憤りを覚えつつも……一方で、確かに興奮していた。

「いや、だ……って」

そう言いながらも、京橋の手はかろうじて茨木の手に重ねられるだけで、阻止には至らない。

嫌だ、断ると言いたいのに、京橋の身体は、心よりずっと正直だった。茨木の大きな手にやんわりと触れられただけで、下着の中の浅ましいものは、確かに反応し始めてしまっていたのである。

「スリルがスパイスだというのは、本当ですね。……ずいぶんと、感じやすくなっているようです」

まるで実験結果でも読解するように、茨木は低く笑って囁いた。耳元に吹き込まれる熱い吐息に、京橋は息を詰める。

「駄目だ。ベッドは……患者さんが寝る場所だから、絶対に駄目だ……っ」

京橋は、頑なに主張した。そこだけは、医師としてどうしても譲れないことだったのだ。

すると茨木は、あっさりと言った。

「では、ソファーで。あなたに罪悪感を抱かせたいわけではありませんから」

「いや、それも……汚したりしたら、凄くまずいから……っ。やめようって！」

それは京橋にとっての最後の防衛線だったのだが、茨木はそれすら軽やかに突破した。

「僕が、なんのために白衣を持参したと思ってらっしゃるんです？」

怪しい笑みを浮かべてそう言ったが早いか、茨木はサラリと白衣を脱ぎ、それで京橋の身体を包み込んだ。

「えっ？　うわっ」

そして京橋を白衣ごと抱き上げたと思うと、大股《おおまた》に歩いてソファーへ行き、白衣を下に敷く状態で、ソファーに京橋を横たえてしまう。まさに、用意周到とはこのことである。

「これで大丈夫。心配要りませんよ。立派なソファーですから、あなたがあまり暴れない限り、落ちはしませんし」

お前が気をつけろと言わんばかりの台詞と共に、茨木は京橋に容赦なく体重をかけてのしかかってくる。

「そんなこと……言われたって……ッ」

「しーっ。さすがに廊下に声が聞こえたら、巡回中の看護師さんが不審に思って入ってきてしまうかもしれませんよ」

「……ずる……い、ん、んむッ」

京橋の抗議の声は、茨木のいささか荒々しいキスに飲み込まれた。開いた口に押し入ってきた茨木の舌に、京橋の舌は簡単にからめとられてしまう。

「ん、ふ……う、うぁ」

頭が痺《しび》れるような深い口づけを続けながら、茨木は京橋を組み敷いた。ズボンを引き下げ、すらりとした両脚を露《あら》わにすると、白い腿《もも》の間に自分の身体を割り込ませる。すべらかな内腿を優しく撫で上げると、自然と膝が立ち、京橋のどちらかといえば細い身体がビクンと跳ねた。

「あ……あっ」

隣の病室や、通路をたまに通るはずの看護師が気になるのだろう、京橋は半ば怯えながらも、いつもより激しく昂《たか》ぶっている。

本当に嫌がっているわけではないことを確かめてから、茨木は京橋の唇を解放してやった。荒い息を吐き、鞴《ふいご》のように胸を上下させる京橋の濡《ぬ》れた唇を親指の腹でなぞり、茨木は愛おしげに甘い声で告げる。

「大丈夫。優しく、かつ速やかにことを遂行しますよ。あなたの身体も名誉も、決して傷つけはしません」

「な……に、言って……っ」

「万が一のことを考えて、極力、着たままで。申し訳ありませんが、できるだけ声は抑えてください」

「い……われなくても、わかって……あっ」

ケーシーの裾《すそ》から忍び込んできた手が、Tシャツをもかいくぐり、胸元を探る。緊張で固くなった突起を指先でカリッと刺激され、思わず声を上げそうになった京橋は、片手で口を塞いだ。

「ご協力、感謝します」

涙目で自分を睨む童顔の恋人の額にキスを落とし、茨木はチノパンのポケットから、小さな容器に入ったローションを取り出した。

「信じられない……そんなもんまで……持ってきてたのかよっ」

「必ずや、ご褒美をいただくつもりだったので。……幸い僕の体温で温まっていますから、あなたに冷たい思いをさせずに済みそうです」

そう言いながら、茨木は注意深くローションを指に絡めた。そして濡れた指で、京橋の両脚の間を探る。

「あっ、ふ、ん、うんっ……ぅ」

引き下ろされたズボンと下着は、今や左足だけに絡まっている。抱き上げられた拍子にサンダルは床に落ちたが、靴下は穿《は》いたままだ。無論、ケーシーも着たままである。

そんな異様な格好で、しかも病室のソファーの上で茨木に抱かれようとしているという異様な状況が、京橋を動転させていた。

口を塞ぎ、声をこらえていると、自分の身体の深い場所を探る茨木の指の動きが、いつもより鮮明に感じられる。骨盤の底から背筋に向かって電流の走る場所を指の腹で押し上げるようにされ、嬌声が鼻へと抜けた。

「ふ……ん、ん、も……い、いい、よ」

切れ切れに訴えると、ソファーに両膝をついて座った茨木は、自分の腿の上に京橋の腰を引き寄せる。京橋は軽く腰を浮かせ、ともすれば力が抜けてしまいそうな両脚で、茨木の腰を挟みつけた。

指よりも遥かに質量のある固いものが、ほぐされ、熱を帯びた入り口に押し当てられた。文字どおりの秘めごとに、普段は冷静な茨木も高揚しているのだろう。彼の楔《くさび》は、京橋に触れられることなく十分にいきり立っていた。

「う……くぅ、はっ……………ん、ん……ッ！」

ゆっくりと、しかし隘路《あいろ》を容赦なく押し広げながら侵入してくるものの圧迫感に、京橋は両手で口を押さえつつ、必死で呼吸を整えようとした。息を止めると全身が強張り、自分自身だけでなく、茨木にも苦痛を与えてしまうからだ。

「ふ……は、ぁ」

身体を二つに裂かれ、内臓を押し上げられるような苦しさは、何度抱かれても慣れこそすれ、決してなくなりはしない。だがそれも、じっと耐えていればやがては落ち着き、粘膜の襞《ひだ》がやわらかく茨木を包み込むことを、京橋は経験から知っている。

茨木もまた、優しいキスを繰り返し、萎《な》えかけた京橋のものをゆっくりと指で愛撫しながら、自身を痛いほど締めつける肉の筒が緩み始めるのをじっと待った。

「……いい、よ」

そんな言葉と共に、京橋の手が茨木の意外とたくましい腕に触れる。

最初は様子を見るように茨木が緩く腰を動かすと、京橋はやはり口を塞いだまま、微かな声を指の間から漏らした。息苦しそうではあるが、それは苦悶《くもん》の声ではなく、確かに歓《よろこ》びの声だ。

徐々に動きを激しくすると、薄暗い室内でも、京橋の身体がしっとりと汗に濡れ、しなやかにのけぞった。おそらく意識してはいないだろうが、みずからも茨木の動きに合わせて腰をうねらせ、躊躇いがちではあるが、快感を追い始める。

「ねえ……京橋、先生……っ」

京橋を激しく穿《うが》ちながら、茨木は野性味のある掠れ声で囁きかけた。

「安心、してください。僕はあなたを怯えさせるものはすべて……こうして追い払いますから。それが、何であっても……っ」

「ふっ、あ……あっ！」

誓いの言葉と共に感じる場所を強く突かれ、京橋はなすすべもなく熱を吐き出した。それから数回の突き上げのあと、茨木も息を詰め、京橋を強く抱き締めて動きを止める。

「お互い……いつもより早かった……ですね」

熱っぽい声で、少し照れくさそうに呟く茨木の身体の重みを全身で受け止めつつ、京橋は荒い呼吸の合間に、「そうじゃなきゃ困るよ」と囁き返した……。


「信じられない」

劣情と共に、気力まで流れ出てしまったのだろう。京橋はソファーにグッタリと横たわったまま、恨めしげに茨木を睨む。

こちらはソファーの傍らに膝をついた茨木は、実に幸せそうな笑顔で京橋の乱れた髪を撫でた。

「信じられないほど、素敵な経験でした」

「……いや、俺が言ってるのは、その『信じられない』じゃない。どっちかっていうと、ありえないのほうだよっ。こんなところでやりたがった茨木さんも信じられないけど、結局その気になっちまった自分も信じられない」

噛みつくような勢いで、けれど押し殺した声でそう毒づいて、京橋は嘆息した。

茨木を責めるわけにはいかない。とんだ無体ではあったが、結局のところ、京橋も妙に興奮したし、最終的には行為に没頭してしまったのだ。

「でも……幽霊の正体、見極めてくれてありがとな」

諸々諦めて京橋が口にした感謝の言葉に、茨木はニッコリ笑った。

「どういたしまして。すでに、過分なご褒美を頂戴しました。……でも、ごめんなさい。この病室に入って、このソファーを見るたびに、あなたは今夜のことを思い出してしまうんでしょうね」

そんな茨木の言葉に、京橋は顔を真っ赤にして跳ね起きる。

「うわああ……もう、幽霊騒ぎが解決したって、結局この病室、俺にとっては鬼門になっちまったじゃないか……！　どんな顔して入ればいいんだよ、ったく！」

「それについては、お詫びのしようもなく」

まったく悪びれない口調で、茨木はしれっと詫びる。

「あああ、もう……！」

京橋は、思わず両手で顔を覆ってしまった。

しかし、何はともあれ、彼の真夏の肝試しは、こうして無事に終了したのだった……。

第四章　君は誰のもの

幽霊騒ぎが無事に収束して二週間が経とうというある日の夜、自宅玄関の扉を何げなく開けた楢崎は、ギョッとしてその場で立ち竦んだ。上《あ》がり框《かまち》に、満面の笑みの万次郎が待ちかまえていたのである。

「先生、お帰りっ！」

いつにも増してテンション高く出迎えられて、楢崎はたじろぎ気味に小さく頷く。

「あ……ああ、帰った」

「今日も一日、お疲れ様でしたっ！」

万次郎は硬直する楢崎の手からいつものように鞄《かばん》を受け取ると、「風呂、沸いてるよ！」と、景気よく口笛を吹きながらリビングへ行ってしまった。

「な……なんだ、あいつ……」

いささか不気味そうにリビングからキッチンへ向かう大きな背中を見送り、楢崎は首を傾げながら、履き慣れた革靴を脱いだ。

もしや、万次郎が何か新しいメニューに挑戦して、自分の感想を楽しみにしているのかと想像した楢崎だが、風呂から上がってみると、食卓に並んでいるのは見慣れた料理だった。

絹ごし豆腐で作った揚げ出しに、素揚げの米茄子と甘とうがらしを添え、たっぷりの大根下ろしを載せたもの、冬瓜《とうがん》と海老《えび》の煮物にとろみをつけて冷たく冷やしたもの、それにトマトとオクラのサラダ、自家製のなめたけ……どれも食欲のない楢崎を慮《おもんぱか》って、喉越しのいい料理ばかりである。

「今日は飲む？」

「ああ、少し」

問われた楢崎が頷きながら席に着くと、万次郎がすぐによく冷えたチューハイの缶を持ってきた。一缶を二つの小ぶりなグラスに注ぐとちょうど軽く一杯ずつになり、夏場の楢崎にはそれが飲酒の適量だった。

「じゃ、今日もお疲れ！」

「お前もな」

軽くグラスを合わせて風呂上がりの喉を潤してから、楢崎は真っ赤に熟れたトマトを真っ先に頬張り、向かいに座った万次郎の顔を見た。いつもご機嫌な男だが、今日は特に楽しそうだ。楢崎は不思議に思いつつ、何げなく問いかけてみた。

「ところで、何かあったのか？　いつにも増して、鬱陶《うっとう》しいくらい元気だな」

なめたけをたっぷりご飯に載せ、口いっぱいに頬張っていた万次郎は、咄嗟《とっさ》に喋れず、謎のブロックサインを出したあと、チューハイを飲み干してようやく口を開いた。

「うん！　食後にしようかと思ってたけど、やっぱ待ちきれないや。持ってきてもいい？」

「あ……ああ、別にかまわんが」

戸惑いながらも楢崎が頷くが早いか、万次郎は椅子をひっくり返しそうな勢いで立ち上がった。そしてリビングから何かを持って駆け戻り、それを楢崎に差し出した。

「これ、見てほしくて」

「なんだ？」

楢崎が受け取ったものは、大判の分厚い紙を重ね、上端でしっかり綴《と》じたものだった。表紙はただの白い紙だが、そこにマジックで「とことこ商店街　働く男たちのカレンダー」と書かれている。

「これは、もしや」

眼鏡の奥の目を見張る楢崎の横に立ち、万次郎はワクワクを抑えきれない顔で頷いた。

「うん！　こないだ撮影が終わったばっかしの、カレンダーの見本だよっ」

「ずいぶん早いな」

「うん。宏行さんがね、まずは商店街の皆さんに全体的なイメージを見てほしいからって、とりあえず見本を試作してくれたんだって。昨日、商店街の人たちが回し見して、今日、俺んとこにも回ってきたんだよ。ホントはすぐに宏行さんに返さなきゃいけないんだけど、俺、どうしても先生に見せたくて、一晩だけって約束で借りてきたんだ！」

「別に、俺は関係者じゃないんだ。カレンダーの出来について、何かを言う義理も権限もない。返すべきものを無理矢理借りてきてまで、俺に事前に見せる必要はないんだぞ」

楢崎は素っ気なくそう言ったが、万次郎はまったく気にせず、最初の勢いのままで楢崎を急《せ》かした。

「必要なくても、見てほしいんだってば！　俺、ホントは真っ先に先生に見てほしかったんだもん。八百政の原田さんが店に持ってきてくれたから、マスターとおかみさんと先に一緒に見ちゃったけどさ」

「お二方はなんと？」

「おかみさんは、ゲラゲラ笑ってた。マスターは、まんじ、三割増しでいい男に写ってるじゃねえかって」

「……そうか。だったらそれでいいじゃないか」

楢崎はそう受け流そうとしたが、万次郎は珍しくしつこく食い下がった。

「俺は、先生の感想が聞きたいんだよっ！」

「……そうまで言うなら、仕方がないな」

楢崎はいかにも渋々といった様子で食事を中断し、椅子を軽く引いた。間違っても大事な試作見本を汚さないよう、自分の腿の上にカレンダーを置き、丁寧に表紙をめくる。

カレンダーは、上七割ほどが写真で、下三割に日付がプリントされている。まだ試作見本だけあって、よく言えば実にシンプル、悪く言えば殺風景なレイアウトだ。

どの写真も普通のカラーではなく、イヤミのない自然なセピア色に加工されていた。

確か、商店街振興プランのキャッチコピーは、「とことこおいでよ、なつかし商店街へ」だと万次郎から聞いた気がする。なるほど、だからこういう写真か……と、楢崎は納得して小さく頷きながら、一枚ずつ写真を見ていく。

前もって「半裸カレンダー」だと聞いていたので驚きはなかったが、一ヶ月にひとりずつ写っている男たちは皆、上半身裸だった。撮影場所はそれぞれの店の前、あるいは店内で、商売にゆかりのある物品を持っている。

人懐っこい笑顔でポーズをとっている者もあれば、照れくさそうに顔を歪《ゆが》めたり、強張った表情でカメラを睨みつけるようにしている者もいた。撮影者は、あくまでも自然体にこだわったのだろう。見る人に媚《こ》びるような仕草を被写体に求めはしなかったようだ。

店主たちの多くは高齢者の域に入っているると思われるが、老いの見える身体は、決して醜くはなかった。

無論、皮膚のたるみや皺はハッキリ見えるのだが、長年の仕事のせいで偏った筋肉のつき方、きつい作業で変形した骨格も含め、彼らの肉体はまさに、宏行が考える「働く男の身体」ならではの美を備えていた。

「どれもいい写真だな」

思わず素直な感想を漏らした楢崎に、万次郎は椅子の背に軽くもたれかかるようにして一緒に写真を覗き込み、弾んだ声を上げた。

「でしょでしょ！　あっ、今見てるのが、八百政の原田さん。プロジェクトディレクター……だっけ。色々計画してくれてる宏行さんの、お父さんだよ」

万次郎が指さしたのは、店先の野菜たちに囲まれ、天井からぶら下げた、おつりを入れておくザルに手をかけ、もう一方の手で野球帽のつばを押し上げてニヤッと笑っている、小柄な老人の姿だった。

「いかにも八百屋という感じの人物だな」

「でしょ！　八百政さんの野菜は、どれも美味しいもん」

楢崎はいつの間にか自分に半ば覆い被さるように写真に見入っている万次郎を、鬱陶しそうにチラと見て訊ねた。

「それで、お前はどこにいるんだ？」

「俺は十二月だよ！」

「お前、確かおまけみたいな存在だと言っていなかったか？　それがトリとは……」

「俺もそう言ったんだけどさあ。宏行さんが、『だって君の写真、元気が出るから。来年がいい年になりそうな気がするんだよ！』って言ってくれて……。まあ、先生も見てみて？」

「……やれやれ」

楢崎はさらに紙をめくり、いよいよ最後の十二月を開いた。そして、なんともいえない顔つきになる。

万次郎は、まんぷく亭の厨房の中で、右手に愛用の三徳包丁、左手に大きな魚の尾の近くを持ってぶら下げたポーズで写真に収まっていた。

やはり上半身は裸で、ジーンズを腰穿きにしている。そのせいで、トランクスの上端が、ジーンズから少しだけはみ出して見えていた。奔放に跳ねる髪は、バンダナを頭巾《ずきん》のように巻いて、綺麗にまとめている。Tシャツとエプロンを脱いでいる以外は、楢崎がごくたまに店に行ったとき見たのと同じ、仕事中の服装だ。

きっと、本当に店で仕事中に撮ったのだろう。流れる汗もそのままに、万次郎はいつもの弾けるような笑顔でカメラに収まっていた。

「……お前、だな」

あまりにもいつもの万次郎すぎて、楢崎の口からは間抜けな感想しか出てこない。片や万次郎は、もどかしそうに感想を催促した。

「そ、俺だよ！　で、どう思う？　いい？　悪い？　普通？」

楢崎はなぜか難しい顔で口を一文字に引き結び、写真に見入った。

「この魚は……なんだ？」

ずるっと、寄りかかっていた椅子の背から、万次郎の腕が漫画のように滑り落ちる。

「ちょ、気にするのは、そこ？　まあいいや、それはスズキ。常連さんが釣ってきたやつをお裾分けしてくれたから、捌《さば》こうとしてたとこだったんだ」

「……そうか」

おざなりに相づちを打ったものの、楢崎の視線は見事なスズキではなく、万次郎のボディラインをゆっくりと辿っていた。

肉体関係のある相手なのだがら、この世で万次郎の身体をいちばんよく知っているのは、どう考えても楢崎であるはずだ。

しかし、いつもはあの大きな身体で視界を覆い隠すように被さられ、組み敷かれてしまう上、十歳も年下の万次郎の勢いにどうにか持ちこたえるのに必死で、彼の全身を優雅に観察する機会などそうは訪れない。

（こいつ……今、こんな身体をしているんだな）

茨木あたりが聞けば、「今さら何を言っているんですか」と鼻で笑いそうな感慨を抱きながら改めて見てみると、万次郎の身体は、出会った頃とまったく違っていた。

当時、まだ未成年だった万次郎の身体は、今よりたくましくはあったが、酷くアンバランスな印象を楢崎に与えた。

というのも、当時の万次郎は天涯孤独の上に同僚の借金を肩代わりしていて、今より遥かに激しい労働をしていたのだ。昼はまんぷく亭で働き、夜はガードマンや、土木工事現場の作業員をしていた。

昼夜を問わず身体を張った仕事をしていたせいで、万次郎の若い筋肉は際限なく鍛えられ、文字通り筋骨隆々だった。初めて彼が楢崎の前で服を脱いだとき、あまりのマッチョぶりに、楢崎は感心を通り越して、軽い恐怖を覚えたほどだ。

とはいえ、万次郎が楢崎のマンションに押しかけ同居を始めてからは生活に余裕ができて、万次郎は仕事を少しセーブし、こつこつと借金を返し続けた。そして完済後は、まんぷく亭の店員として、さらに最近では「跡取り」として、調理に給仕に納品にと、八面六臂《ろっぴ》の活躍をしている。

そんな楢崎との生活が続くうちに、かつて過酷な労働のせいで発達しすぎた筋肉が、少しずつ調整されていったのだろう。

今も万次郎の身体は大きいし、むき出しの大胸筋や上腕二頭筋の張りは見事としか言いようがないし、腹筋もくっきり割れている。しかし、写真の中の万次郎の身体は、驚くほど均整が取れていた。原田宏行が、万次郎の身体を「働く男」のひとりに加え、「十二月の男」

にしたいと思った理由が、その写真を見ればハッキリとわかる。

生活のため、闇雲に身体を酷使していた頃と違って、万次郎の肉体は、料理人として、その技術と同じように研ぎ澄まされつつある途中の段階なのだ。それはまさに、いつか見事な大樹に育つであろう、伸びやかな若木を思わせる身体だった。

（まんじの奴……いつの間に、こんなに変わったんだ？　出会った頃と少しも変わらないガキだと思っていたのに、これでは……）

これではまるで、本物の男の身体だ。

それが、目の前の写真について、自分が心底感じたことだと気づいて、楢崎は戦慄《せんりつ》した。

共に暮らしているせいで、これまで万次郎の容姿の変化に、彼は少しも気づかなかった。

せいぜい、自分と暮らして、多少は垢抜けたと思っていた程度だ。

だが、写真という実に明確なデータを提示されると、万次郎という毎日顔を合わせ、言葉を交わし、時折身体を重ねる間柄の男の、外見の変化と内面のめざましい成長を認めざるを得ない。

生来の人懐っこさと明るさは少しも損なわれないまま、万次郎の容貌《ようぼう》は、以前よりずっと精悍になっていた。

子供っぽい甘さを残していた頬のラインは幾分シャープになり、表情にも落ち着きと自信が表れている。誰をも安心させ、くつろいだ気持ちにさせる陽気さに加え、その笑顔には力強さが加わっていた。

　包丁を握る大きな手も、惜しげなくさらけ出した広い胸も、ジムでそれなりに鍛えているとはいえ、基本的に文系の楢崎にはかなうべくもないたくましさだ。

　これまでずっと、「やたらかさばる、でかい、むさ苦しい」と小言のタネだった万次郎の身体が、今や羨望《せんぼう》と賞賛の対象に値するということに、楢崎は実に唐突に気づかされてしまったのである。

「先生？」

　黙りこくってしまった楢崎を心配して、万次郎が怖々呼びかけてくる。物思いに沈んでいた楢崎は、その声にハッと我に返った。

「あ……ああ」

「どう？　俺の写真」

　顔を見なくても、万次郎の表情は手に取るようにわかった。彼の声には、不安と期待が同じだけ漲《みなぎ》っていたからだ。

　とはいえ、素晴らしいと手放しで絶賛するのはどうも大袈裟すぎる気がしたし、かといって、時の流れにしみじみしたというのも奇妙すぎるし、何より身内を褒めるというのが、楢崎にはどうにも面はゆくて苦手なのである。

　だから彼は、いつものシニカルな表情でカレンダーを万次郎に返し、ただ一言、「悪くない」と言った。

「ホント⁉」

それだけで、万次郎の顔からも声からも不安が瞬時に消える。

「やった、ありがと、先生！」

背後から楢崎をギュッと抱き締め、怒られる前に素早く離れて、万次郎はカレンダーと同じ、ひまわりのような笑顔で礼を言った。そして、明日返さなくてはならない試作見本を汚さないよう、すぐにリビングへ持っていき、スキップでもしそうな勢いでテーブルに戻ってきた。

「ごめん、食事の邪魔しちゃって。だけど、見てもらってよかった。すっげー安心した！」

そんなことを言いながら、万次郎はうっすら縁が色づくまで揚げた茄子を頬張った。楢崎も、再び箸を取り上げ、やや冷ややかに言葉を返した。

「俺の言うことなど、気にするなと言っている。そのディレクターがいいと言い、商店街の関係者やまんぷく亭のマスターご夫婦がいいと言うのなら、いいんだろう。ところでこれは、ただ商店街関係者に年末の挨拶に配るだけのものなのか？」

するとと万次郎は、ちょっと照れくさそうに鼻の下を擦った。

「例年はそうなんだけど、今年は商店街のホームページを作って、そこで通販するんだって。ゆくゆくは、商店街の品物をそのサイトで売りたいから、手始めに、腐ったり傷んだりしないカレンダーからって話だった」

「一般に向けて売るのか」

少し驚いて楢崎がそう言うと、万次郎は「えへへ」と照れ笑いを深くした。

「なんだってさ。売れるかどうか知らないけど、宏行さんが商店街の宣伝のために、これまでの仕事でつきあいのある、地方の新聞とか雑誌とかに見本を持ってくって言ってた」

「ほう。ずいぶん本格的にやるんだな」

「ここが、商店街にとっては最後の踏ん張り時だって、みんな張りきってるからね！」

「……そうか。まあ、頑張るといい」

そんな当たり障りのない言葉で会話を締めくくり……もといいささか冷たく打ち切り、楢崎は、なぜか心が細かく波立つのを感じながら、冬瓜の煮物が入った小鉢を手にした。そして、それ以上万次郎のほうを見ず、無口に食事を続けたのだった。


その三日後の午後二時過ぎ、外来の診療が長引いた楢崎は、ズッシリ重い疲労感とほんのわずかな空腹感を抱え、医局に戻ろうとしていた。

だが、病院の一階にある広いロビーを横切ろうとしたとき、彼は、前から見覚えのある女性が歩いてくるのに気づいた。

相手のほうも、楢崎の顔を見て、すぐにピンときたらしい。大きく手を振ると、楢崎に駆け寄ってきた。

「こんにちは！　えっと……肝試しの先生！」

それは、しばらく前に、例の特別病棟十三号室で楢崎や京橋、茨木と共に幽霊騒ぎを検証した女子高生の入院患者、魚住唯香だった。

「……消化器内科の楢崎だ」

この先、そう何度も出会うとは思えないが、人前で「肝試しの先生」呼ばわりされてはいささか体裁が悪いので、楢崎は簡潔に名乗り、唯香の様子を観察した。

もうあの肝試しから二週間以上が経過しているので、唯香はその間に退院したらしい。今日は、高校の制服らしき白いシャツと茶色いスカート姿だった。手術を受けた左耳にはいまだにガーゼが当てられているものの、長い髪に隠れてほとんど見えない程度である。

「あ、そうそう、楢崎先生！　そんな名前だった気がする」

軽く両手を打ち合わせて悪戯っぽく笑うその顔も元気そのもので、どうやら術後の経過は順調であるらしい。

「だった気がする、ではなくそうなんだ。……退院したようだな。おめでとう」

知らない顔ではないし、待ち合わせや時間つぶし、面会に使われるロビーなので、周囲にはたくさん患者や見舞客がいる。つれなくするのも憚《はばか》られて、楢崎は面倒くさそうな顔つきではあるものの、彼にしては最大限の愛想を振り絞り、そう言ってみた。

唯香は笑顔で頷く。

「ありがと！　今日は受診日だから、学校抜けてきたんだ。篠原先生じゃなくて、京橋先生の外来だったからラッキー。京橋先生、優しいし可愛いよね～」

悪気や屈託の欠片もない、年頃の女の子の残酷な評価に、楢崎は苦笑いした。

「一応、君の主治医だろう。もう少しリスペクトしてやれ」

「してるわよ。カワイイは礼儀正しい褒め言葉だもん」

「それはそれは。京橋先生が聞いたら、泣いて喜びそうだ」

「でしょ！　先生はかっこいいよね。ちょっと格好つけすぎっぽいけど」

「……それはどうも」

ちょっとムッとした顔でそう言うと、楢崎は会話を切り上げて立ち去ろうとした。早く医局に戻って自席でくつろぎたかったのだ。

「それより、午後の講義……いや、授業はまだすべて終わってはいないだろう。とっとと学校に戻ったらどうだ？」

「えー！　一応早退届出してきたし、戻るのめんどくさい。買い物とか行っちゃいたいな……あ、ほら、あそこ！」

唯香はロビーに設置された大型テレビを指さした。映っているのは、地元で活動する人気芸人やタレントたちである。どうやら、ローカル局のワイドショーらしい。

「……ああ？」

さすがに少し煩わしそうに、それでも唯香につられ、楢崎は画面を見続けている。

「あそこの商店街、今、クラスでちょっと話題なんだよ。超レトロな文房具屋とか、手芸店とかあるんだって。すっごいショーワな感じの可愛いアイテムがいっぱいあるんだってさ。買いに行きたいな。あ、でも、友達が一緒のときのほうが楽しいか」

昭和を「ショーワ」と外国語のように発音する唯香に、楢崎は渋い顔で言い返した。

「それは、あえてレトロな商品を揃えている店という意味か？　それとも古いデッドストックが溢れ返るほど、商売が上手くいっていないという……っ」

しかし、彼の言葉は途中で途切れてしまった。いささかうるさい若い女性タレントが指さしている商店街の入り口のアーチに、「とことこ商店街」と大きく書かれていたからだ。

どうやら、番組の一《ワン》コーナーで「とことこ商店街」を取り上げることになり、今、現地から生中継をしているらしい。

（あれは……まんじの言っていた商店街じゃないか）

『今、噂になりつつある「とことこ商店街」ですが、ただいま改装工事進行中です！　アーケードの屋根はまだ工事中ですけど、ご覧くださーい、作業が終わった場所では、透明な屋根から空が見えます。明るくて爽やかですね～！　天井から下がっているお花の飾りは、商店街の皆さんの手作りだそうです。これもレトロで可愛いです！』

いかにも手慣れた様子で、画面の中の女性はマイク片手に賑やかに喋りながら、商店街のあちこちを映していく。

なるほど、万次郎から聞いていたとおり、商店街のアーケードには、いかにもドラマの中の昭和を思わせる、昔ながらの小さな店が揃っていた。

八百屋、豆腐屋、肉屋、古書店、履き物屋、金物屋、洋品店、傘屋、手芸店、玩具屋《おもちゃや》……今となっては、大型商業施設に駆逐されてなかなか見ることができない、店主のこだわりが詰まった小さな独立国家の集合体のような場所だ。

「ねー、なんかちょっといいでしょ」

「あ……ああ」

そんな唯香の言葉に生返事をして、楢崎は画面に見入った。

カジュアルなワンピース姿の女性タレントは、あちこちの店に立ち寄っては店主と会話し、店の自慢の商品を紹介したり試食をしたりして、そのたびに大袈裟にリアクションをする。

いつもの楢崎なら、「耳が痛い」と即座にチャンネルを変えるかその場を立ち去るかするところだが、今は密かに気になっている場所だけに、彼女のキンキンした声も気にならない。

これまでは寂しくシャッターが下ろされていたであろう空き店舗には、「プチ縁日」という幟《のぼり》が立てられ、中の空間は折り紙を切って作った鎖や手描きの張り紙で素朴にデコレーションされている。

そこでは金魚すくいやヨーヨー釣り、輪投げといった昔懐かしいアトラクションが用意され、高齢者たちが、のんびりと店番をしている。若い母親が、そんな高齢者たちに教わりながら、小さな子供たちと一緒に古い遊びを楽しんでいる風景が、なんとも微笑ましい。

（ああいう親子は番組の仕込みかもしれないが、いい宣伝になるな）

そう思いながら楢崎が眺めていると、マイクを持った女性は、青果店の前に並んだ三人の男性の前に辿り着いた。

（あれは……！）

楢崎は、文字どおり目を剝いた。

青果店には「八百政」という年季の入った木製のボードが掲げられており、先日、カレンダーの試作見本で見かけた野球帽を被った小柄な老人が、緊張した様子でタレントと挨拶を交わしている。

彼が「とことこ商店街」の振興組合長であり、八百政の店主である原田であり、その隣でいかにも取材慣れした様子でニコニコしているカジュアルなスーツ姿の中肉中背の男性が、今回の振興プロジェクト、「とことこおいでよ、なつかし商店街へ」の責任者である原田の息子、宏行だとタレントは紹介した。

だが楢崎を驚かせたのは、原田親子の姿ではない。二人の横に、間抜けな笑顔で突っ立っている大柄な男が、まさかの……もとい、間坂万次郎だったのである。

「まんじ……！」

思わず楢崎の口から漏れた驚きの声に、唯香は不思議そうに小首を傾げる。

「先生？　どうかした？　まんじ、って何？」

唯香の質問に答える余裕もなく、楢崎はそこがロビーであることも忘れ、食い入るように画面に見入ってしまった。

『今回、原田さんが企画してお作りになったのが、じゃーん、これです！』

女性タレントは、アシスタントにくだんのカレンダーの試作見本を掲げさせ、満面の笑みでそれを紹介した。

『その名も、「とことこ商店街　働く男たちのカレンダー」ですよ！　毎月ひとりずつ、この商店街でお店を経営するいい男たちが登場するんですが、これがビックリ、皆さん、上半身裸なんです！　若いアイドルの男の子が脱いでるカレンダーは数多いですけど、現役の店主さんたちが、商店街を盛り上げようとまさに一肌、脱いじゃいました！　原田さん、これは凄いですねえ。写真もセピア色で、レトロで素敵！』

宏行も、人当たりのいい笑顔で、ここぞとばかりに宣伝する。

『はい、皆さん、脱ぎっぷりがとてもよかったです。それに、ここで長年働いてきた男たちの身体には、なんとも言えない本物のたくましさ、美しさがあると思うんですよ！』

『ホントですよねえ。こういう肉体美もあるんですね。それに皆さん、表情が素敵！　とても自然です。そして今日は特別に、このカレンダーのトリを飾る、男たちの中でも最年少の間坂万次郎君に来てもらいました！』

「………っ」

まさか、テレビで万次郎の名を聞く日が来ようとは……と、楢崎はなぜか妙に緊張して、両の拳《こぶし》を握りしめた。

『うふふ、間坂万次郎って、お若いのに、名前はとってもレトロですね！　間坂君は、この商店街の近くの定食屋、「まんぷく亭」の店員さんで、商店街の皆さんには縁の深いお店ということで、今回友情出演になったんですよねっ？』

女性タレントにマイクを向けられ、万次郎は笑顔全開で、ぶんぶんと首を縦に振る。

『はい、はいっ、そうです！』

（あの馬鹿……。返事は一回でいい！　馬鹿みたいに見えるだろうが。というか、テレビに出るなんて、俺は一言も聞いていないぞ！）

別に自分とて、行動のすべてを万次郎に予告しているわけではないが、それにしてもテレビに出演することくらい報《しら》せてもバチは当たらないはずだ。楢崎はいささか腹を立てつつ、画面に注目し続ける。

宏行は笑顔で万次郎の肩を叩き、言葉を添えた。

『間坂君は、「まんぷく亭」さんの跡継ぎに決まっているんです。ですから、次の世代でも商店街と地域のお店を結びつける架け橋になってくれるようにという願いをこめて、十二月を飾ってもらいました』

『は……はいっ！』

やはり元気よく返事をする万次郎の顔のすぐ横に、くだんの十二月のカレンダーが広げられる。女性タレントは、万次郎にすり寄り、さらに興奮した様子でまくし立てた。

『ほーら、見てください、このカレンダー！　皆さん素敵ですけど、間坂君は若いから、とりわけ凄いですねー！　なんていう迫力ボディ！』

（は……迫力……ボディ……）

そんなふうに他人に形容されると、ことあるごとに自分を抱き締めたがる万次郎の胸の広さや腕の太さが思い出され、動揺した楢崎は、思わず片手で口元を覆った。

「ねえ、先生ってば。だいじょぶ？」

白衣の袖《そで》を引く唯香の声など、もはや楢崎の耳には届かない。その目は、周囲の状況など気にする余裕もなく、ただ万次郎の姿に釘《くぎ》づけになっていた。

女性タレントは突然、万次郎のたくましい二の腕を揉みながら、こう言い出した。

『ほら、見てください。Tシャツの袖がぴっちぴちの、ふとーい腕！　立派ですよね！　何か、特別にスポーツをやったりして鍛えてるのかしら。ジムとか行ってる？』

『う、ううん、全然！』

そんな万次郎の単純な反応を、むしろ好ましく思っているのだろう、宏行は優しい笑顔で見守っているが、楢崎はそれどころではない。

(返事くらいちゃんとしろ！　子供か！)

心の中でツッコミを入れまくりつつも、どうにか声には出さずにこらえている。しかし握り締めた拳の中は、かつてないほど汗びっしょりだった。

『じゃあ、やっぱり他の人と同じように、百パーセント、お仕事で鍛えられた筋肉？　うわあ、美しいわ。でもやっぱり、本物が見たいですよね、皆さん！　私と同じように、見たいですよね！』

女性タレントは、画面の向こうの視聴者を煽《あお》るように画面に向かってそう言うと、期待の眼差《まなざ》しを次に万次郎に向けた。

『間坂君、写真撮影のときみたいに、今ここで、そのTシャツを脱いでみてくれないかな！そうしたら、あの見事な肉体美が修正じゃないって証明できるし、カレンダーの予約もバンバン入っちゃうと思うのよね！　いいですよね、原田さん？』

おそらくタレントは、宏行に許可を求めたのだと思われるのだが、こちらもそれなりに緊張しているらしき父親のほうが、いきなりその言葉に反応した。

『お、おうっ、そんじゃ脱ごうか！』

彼はそう言うなり野球帽を息子に渡し、色褪《いろあ》せた紺色のTシャツを脱ぎ捨てて上半身裸になったのである。予想外の展開に、女性タレントは喜びの声を上げた。

『あらっ、お父さんが先に脱いでくれました！　これまたいぶし銀の肉体美ですね！　さて、じゃあ次は間坂君の番かな！』

カメラが、原田から万次郎へとスライドする。

万次郎は、「わかりましたっ！」と元気よく応えたと思うと、なんの躊躇いもなくTシャツを脱いだ。

（あいつ……公共の電波で何を！）

楢崎の端整な顔が歪む。画面の中の万次郎は堂々としているが、見ている楢崎のほうが、とんでもない羞恥を味わっていた。

『きゃーっ、素敵！　たくましい！　これぞ働く男！　番組ホームページで、カレンダーのご予約先をお知らせしていますので、皆さん、じゃんじゃんお申し込みくださいね～。売り上げの大部分は、この商店街の改装やイベントの費用になるんだそうですよ！　間坂君、ホントいい身体してるわね～』

『え、えっと、ありがとうございますっ』

やはり嬉しそうに礼を言う万次郎に、テレビ的にはもう一押し必要なのか、女性はニッコリ笑ってこんなことを言い出した。

『じゃあ、その筋肉がダテじゃないってことも、証明してもらっちゃおうかな。私をお姫様抱っこしてくれる？　これでもけっこう重いんだけど、そのたくましさなら楽勝よねっ？』

『お……お安いご用ですっ！』

『じゃあ、お願いしまーす！』

女性タレントは、胸の前で両手を合わせたときめきポーズで、万次郎の腕を待つ。万次郎は上半身裸のまま、両腕をしっかりと女性の背中と膝裏に回し、勢いなどろくにつけずとも楽々と抱き上げた。

「！」

楢崎は息を吞む。

『うわあ、男の人にこんなことしてもらったの、初めて！　嬉しいわあ〜。近くで見ると、この胸筋！　パツパツ！　皆さーん、素敵な男性たちが迎えてくれる「とことこ商店街」、美味しいものだらけだし、レトロ感いっぱいだし、超おすすめですよっ！　夕飯のお買い物に、あるいはちょっと冷やかしに、お子さんと一緒にプチ縁日を楽しみに、是非お越しくださいねーっ！』

そんなコーナー終わりのコメントを言いつつ、女性タレントの手が万次郎の胸や腕をぺたぺたと触りまくる。当の万次郎は、恥ずかしさに顔を真っ赤にしながらも、やはり楽しそうな笑みをカメラに向けている。

目をそらすこともできずにすべてを見てしまった楢崎の胸には、いまだかつてないどす黒い感情が湧《わ》き上がっていた。

(あの野郎……!)

そもそも、自分に黙ってテレビに出ていたことが気に入らない。

偶然、ここで見たからいいようなものの、そうでなければ、楢崎は万次郎が商店街でインタビューに応じ、しかも服まで脱いでみせたことなど、知る由もなかったのだ。

裏表のない、真正直な性格の万次郎のことだ。自分に隠し事など一切ないはずだと、楢崎は勝手に思い込んでいた。

しかも万次郎が、たとえ番組上の演出とはいえ、半裸を晒《さら》し、楢崎以外の人間の身体にあんなふうに触れ、あまつさえ抱き上げるなど、楢崎には想像すらできない……いや、これまでは、想像する必要もない行為だった。

何しろ、出会ったときに楢崎に一目惚れしたという万次郎は、毎日欠かさず、好きだ可愛い綺麗だかっこいい賢いと呪文《じゅもん》のように楢崎を褒め続け、隙あらば触れたがるのである。そんな万次郎の態度は初めて彼と関係を持って以来、今日に至るまで少しも変わらない。

楢崎としては、万次郎が自分以外の人間に目を向けたり、触れたりする可能性など、考えつきもしなかったのだ。

言いようのない苛立ちと、怒りと、たぶん彼自身は決して認めようとしないが、確かな悲しみが激しく混じり合って、いつもは冷静沈着な楢崎の大脳は、混乱状態に陥っていた。

やさい・く

「ねえ、先生ってば！　だいじょぶ？　どうしたの？」

強く袖を引かれ、楢崎はハッとした。

テレビの画面はもうスタジオに戻っており、出演者たちが、芸能人のスキャンダルについて口角泡を飛ばして議論している。

そして楢崎の傍には、心配そうに、少し薄気味悪そうに自分を見上げる唯香がいた。

最大限の理性をかき集め、楢崎はどうにか冷ややかな表情を取り繕い、眼鏡をベストな位置に押し上げる。

「別に、なんでもない。いいから早く、学校に戻りなさい」

そう言い捨てて、何か背後で文句を言っている唯香にはかまわず、楢崎は足早にロビーを立ち去った。病棟の外に出て、建物横手の人気《ひとけ》のない自販機コーナーまで逃げるようにやってきて、ようやく彼は足を止めた。

日中、外はまだまだ暑いが、楢崎の顔は血の気が引き、むしろヒヤヒヤしていた。その一方で、開いた手のひらはじっとり湿っている。

「馬鹿な……。あいつがどこで何をしようと、俺の知ったことじゃない」

そんな強がりを口にしてみても、喉はカラカラで、絞り出した声はひび割れていた。

「そうだ。関係ない。……いったい俺は何をしているんだ。早く医局に戻って、昼休みを」

昼休みを取らなくては、教授回診が始まってしまうぞ……と自分に言い聞かせようとして、楢崎はつい、万次郎が毎朝持たせてくれる弁当のことを思い出してしまった。

今日もバッグの中には、出がけに万次郎に渡された弁当包みが入っている。

いったいどんなつもりで作った弁当なのだろう。今朝《けさ》出掛けるとき、万次郎はいつもと変わらない笑顔だった。

それが、自分の知らないはずだった時刻と場所に、あんなふうにテレビに出て、半裸を晒して、下品に騒ぐ女を抱き上げて……。

「……くそッ」

誰も見ていないのをいいことに、楢崎は、苛立ち紛れに鉄柱を蹴《け》りつけた。自分の足が痛いだけなのだが、何か暴力的なことをせずにはいられない気分だったのだ。

このまま医局に戻って、同僚と顔を合わせ、平静に会話する自信がない。とはいえ、教授回診までには、なんとしても冷静さを取り戻しておかなくてはならない。

(駄目だ……。弁当は、駄目だ)

弁当箱を開ければ、万次郎のことを考えずにはいられない。そう思っただけで、胃のあたりがムカムカして、とても何か食べられる状態でもない。

「ああ……くそ、図書館の個室で小一時間寝るか」

決して広くないのに常に人で溢れ返っているキャンパスの中で、完全にひとりになれる場所といえば、トイレの個室か図書館の自習用個室しかない。

この上トイレなどという惨めな場所にこもっては、落ち込みに拍車をかけるだけだ。無意識に白衣の上からみぞおちのあたりを押さえつつ、楢崎は重い足取りで図書館に向かって歩いていった。


同日、午後九時前。

これといって急ぎでもない残業をして、いつもよりずっと遅く、楢崎は帰宅した。

医局に居残っているときも、電車の中でも、駅を出てマンションへの道を歩いているときも、何度も万次郎から電話とメールがあったが、そのすべてを黙殺した。

時間が経てば落ち着くかと思ったが、心のざわめきはますます大きくなるばかりだ。今は万次郎の顔など見たくもなかったが、自分が所有する家に帰りづらいという状況に、さらに腹が立つ。自宅の玄関扉の前に立った楢崎の顔は、凶悪なまでに険しくなっていた。

玄関でずっと待っていたのだろうか。玄関ポーチの門扉の微かな軋《きし》みを聞きつけたのか、楢崎がポケットから鍵《かぎ》を出す前に、中から勢いよく扉が開き、万次郎が顔を出した。

そこにいるのが楢崎だと確認するなり、万次郎の顔にパッと安堵の笑みが浮かぶ。

「お帰り、先生！」

いくら門扉内だといっても、半公共の場である玄関先で声を荒らげるわけにはいかない。楢崎は「ただいま」すら言わず、万次郎を押しのけて家に入った。革靴を脱ぎ捨て、鞄を上がり框に放り投げ、そのままリビングではなく、自室へ向かう。

万次郎は、困惑しつつも大慌てで追いかけてきた。

「先生、どうしたの⁉　電話してもメールしても返事がないから、ずーっと心配してたんだよ！　何かあった？」

「……なんでもない」

「待って」

「触るな！」

二の腕を掴んだ万次郎の手を乱暴に振り払い、楢崎は尖った声を出した。万次郎は、突然の楢崎の不機嫌に手放しで驚いた様子で、ただ廊下に立ち尽くしている。

「先生……。いつもより帰りが遅かったし、いつもなら遅くなるときは連絡くれるのに、それもなかったし。もしかして、事故に遭ったんじゃないかとか、病院でトラブルがあったんじゃないかとか、俺……」

オロオロと心配する万次郎の言葉も表情も、今の楢崎には酷く空々しく見えた。自分に内緒にしていることがありながら、こんなふうに、自分には隠し事がないようなふうで楢崎を案じてみせる万次郎の態度に、吐き気さえ覚える。

「うるさい」

「先生……？」

「風呂も夕飯も要らん。今日は寝室にも入ってくるな。お前はソファーででも寝ろ」

荒々しく言い捨てて、楢崎は寝室に入った。

「先生っ」

なおも追い縋ってこようとする万次郎の鼻先で、楢崎は荒々しく扉を閉めた。

寝室の扉には鍵はついていないのだが、さすがにここで扉を開けると、火に油を注ぐ結果になるとこれまでの経験で学習しているのだろう。扉の向こうで逡巡《しゅんじゅん》する気配はしたものの、万次郎は室内に踏み込んでこようとはしなかった。

やがて、重い足音がゆっくりと、何度も立ち止まりながら遠ざかっていく。

楢崎は全身に入りすぎていた力を、溜め息と共にようやく抜いた。その場に座り込んでしまいそうなのをどうにかこらえて、ベッドに腰を下ろす。

「……くそっ……」

今日、何度目かわからない悪態を口にした楢崎は、ジャケットを脱ぎ捨てて床に叩きつけ、ネクタイを乱暴に引き抜いてやはり上着の上に投げつけて、ついでにベルトのバックルを外した。そしてベッドに仰向けに倒れ込む。

万次郎の顔を見たら、いの一番に罵《のの》ってやろうと思っていた。首根っこを摑んで、出ていけと怒鳴りつけてやろうとも思っていた。

だが実際は、あの笑顔を見たら、厚い胸板を押しのけ、部屋に閉じこもるのが精いっぱいだった。

そんな情けない自分に腹が立って、空々しくいつもの笑顔で出迎えた万次郎にはもっと腹が立って、もう、どうしていいかわからない。

エアコンが入っていない部屋には、昼間の熱気がムッと籠《こ》もっていて不快だ。しかしリモコンを取りに立つのさえ、今の楢崎には物憂かった。

「……もう、いい」

いったい何に対してかわからない台詞を口にして、楢崎は眼鏡を外してサイドテーブルに置き、うつ伏せに横たわった。眠気などないが、どうにも気分が悪くて起きていられない。

やわらかな羽根枕に顔を埋《うず》め、楢崎は人生初のやるせなさに苛《さいな》まれつつ、目を閉じた。


眠れるはずがないと思っていたのに、いつしか寝入ってしまっていたらしい。

首筋にすうっと冷たい風が当たって、楢崎は目を覚ました。

「……う……？」

「入ってごめん、だけどこんな暑い部屋で寝てたら、脱水症になっちゃうよ！　せめてエアコンつけて！」

「うわッ！」

リモコンをホルダーに戻している万次郎の姿を目の前にして、楢崎は情けない声を上げて飛び起きた。そのまま、ベッドの上で動きを止める。

　気づけば、身体じゅうが汗みずくになっていた。このまま朝まで眠っていたら、本当に取り返しのつかない脱水症になっていたかもしれない。

「ちょっと待ってて」

　そう言って部屋を飛び出していった万次郎は、すぐにスポーツドリンクのペットボトルと、濡らして絞ったタオルを持ってきた。そしてそれを、なんとも微妙な距離を空けて楢崎の前に立ち、おずおずと差し出してくる。

　万次郎の顔は、まさに突然信頼していた主人に捨てられた忠犬のように情けなく、それを見た楢崎の胸が刺すように痛み出した。

「せめて、ちゃんと水分摂って、汗拭いて。そしたら俺、すぐ出ていくから。ゆっくり眠れるように、朝まで来ないから」

　そう言って、促すように万次郎は半歩だけ前に出て、ペットボトルとタオルを楢崎に突き出してくる。それらを乱暴に引ったくりはしたが、楢崎はペットボトルに口をつけようとも、汗を拭こうともしなかった。両方共をサイドテーブルに置き、万次郎を睨みつける。

「……んだ」

　途方に暮れた顔つきをした万次郎は、楢崎の口から出た言葉を捉えきれずに、思いきって楢崎にもっと近づこうとした。だが、楢崎の怒鳴り声が、万次郎の足を床に縫いつけたように止める。

「なんなんだ、お前は！　俺をなんだと思ってる！」

「えっ……？」

唖然《あぜん》とする万次郎に、楢崎は右の拳でマットレスを殴りつけた。

「俺が何も知らないとでも、思っているのか！」

「先生……？　何言ってるの？　俺、馬鹿だからわかんないよ。俺、何かした？」

「何かした、だと？」

はらわたが煮えくり返るとは、こういうことを言うのかと楢崎は思った。以前、万次郎が二度までも無断外泊したときも相当に腹が立ったが、これほどではなかった。

しかもその二度は、どちらも如何《いかん》ともしがたい非常事態だったことがあとでわかり、楢崎も怒りをすんなり収めることができたが、今回は違う。

昼間、万次郎が何をしていたかを、楢崎はその目で、しかもリアルタイムで目撃しているのだ。そう考えると、百パーセントどころか、それ以上に増幅された怒りが、真っ直ぐに万次郎に向けられた。

「舐めやがって！　俺を騙《だま》すなど、百年早いぞ！」

矢継ぎ早に投げかけられる鋭い罵倒の言葉に、万次郎は弾丸でも喰らっているかのようにいちいち痛そうに身を竦め、それでもジワジワと楢崎に歩み寄ってくる。

「居候のくせに、俺を見下ろすな！」

自分が立ち上がる気力がないので、楢崎は怒りにまかせて大声を出した。

「先生、先生、落ち着いて。いくら壁が分厚いっていっても、隣に聞こえちゃうよ」

「かまうものか！」

万次郎は心底困り果てた様子だったが、これ以上、楢崎を刺激すまいと考えたのだろう。少し考えてから、楢崎の前にペタンと正座した。背筋を伸ばし、両手を腿の上に置いて、忠犬さながらにかしこまる。

「先生、何を怒ってるのか、教えて。でないと俺、何もできないよ」

万次郎がエアコンをつけたので、室温は徐々に下がっていく。しかし楢崎の身体の中の熱は、溶岩のように体内を物凄いスピードで巡り続けていた。

「何を、とはな。白々しい。お前がとんだ役者だと、今日まで知らなかった」

「え……っ？」

「ワイドショー」

口にするのも嫌で、楢崎がボソリと吐き出したその一言に、万次郎は凄まじい勢いで反応した。正座でかしこまったまま、いったいどうやったものか、見事に数センチ飛び上がったのである。

「ええっ⁉」

ただでさえ大きな目を裂けんばかりに見開き、今度は万次郎が赤くなったり青くなったりし始めた。両手を無意味に動かしながら、縋るような目で楢崎の殺気立った顔を見上げる。

「せ……せ、せ、先生、まさか、あれ……見たのっ⁉ なんで？ だって、仕事……」

「仕事中だから、見るはずがないとでも高をくくっていたんだろう？ 確かに、見たのは偶然だった。今日はいつもより外来診療が長引いてな。それで、外来を出るのが遅くなったんだ。そして……通り道のロビーには、大きなテレビがあって、今日はたまたま、ローカル局のワイドショーを流していた」

「……う、そ……」

「嘘つきはお前だっ！」

楢崎は手を伸ばすと、呆然としている万次郎のTシャツの胸ぐらを摑んだ。そして、万次郎の上半身を、自分のほうにグイと引き寄せる。万次郎はまったく抵抗せず、息苦しそうに、半ば尻を上げた中途半端な姿勢で停止した。

「先生……あれ、全部、見た……の？」

「見た」

楢崎は血走った目を細めた。眼鏡を外したままなので、万次郎の顔がよく見えなかったのだ。どうにか見えた万次郎の顔には、明らかすぎる驚きと絶望の色があった。

「全部って、ホントに……全部……？」

だから、必死でニコニコして、言われたとおりにしたんだ」

「それで……あんなに嬉しそうな顔で脱いでいたと？」

万次郎は、再び正座に座り直し、しょげ返って頷いた。

「うん。ホントは恥ずかしくて恥ずかしくて。生放送だから、俺は当然見てないんだけど、店には常連さんからじゃんじゃん電話かかってくるしさ、店で見てたおかみさんには『あんた、あんな人前で脱いで！』って叱られるしさあ」

「……では、お前は望んであれをやったわけではなかったのか」

万次郎は、そこでようやく顔を上げ、楢崎をキッと見た。もう、紛う方なき半べそ顔である。

「当たり前じゃん！　それを先生にまで見られてたなんて……俺、もう、穴があったら俺サイズに拡大して、頭から埋もれちゃいたい。先生はきっと見てないから、このまま知らないままでいてほしかったのに。あんな、絶対みっともない俺、見てほしくなかった」

「……なんだ……。そういうこと、か」

楢崎の全身から、力と一緒にさっきまでのモヤモヤした気分が流れ出していく。憑き物が落ちたようにおとなしくなった楢崎の呆けたような顔を見て、羞恥に悶絶していた万次郎は、ふと不思議そうに目をパチクリさせた。

「待って。でも、あの俺を見て、先生、なんでそんなに怒ってたの？」

「……うっ」

てっきり、万次郎がノリノリでテレビ出演し、女性と半裸で絡み、しかもそれを自分に黙っていたと思い込んで激怒していた楢崎である。

誤解がするりと解けた今、そんなとんでもない勘違いを万次郎に告げるのは、あまりにも恥ずかしい。万次郎がテレビ出演を恥じらうよりも、千倍も万倍も恥ずかしい。

「あ……い、いや」

「俺、そんなに見苦しかった？　そういや先生、ずっと俺のこと、筋肉バカとか、かさばりすぎるとか言ってるもんね。やっぱり、ムキムキすぎてみっともないから怒ってたんだ？」

万次郎の大きな目に、ウルウルと涙が盛り上がる。

「ち……ちが、う」

「違うの!?」

「そうではなく……」

「なく？」

どうやらもう楢崎が怒っていないと気づいたらしく、万次郎は腰を浮かせ、楢崎の膝に両手を置いた。微妙に伸び上がり、伏し目がちの楢崎の顔を下から覗き込む。

「なんであんなに怒ってたの？　それに、悲しそうだった気もする」

「……それは……」

「ちゃんと教えてよ。俺、バカだからホントわかんないんだよ、先生の気持ち」

こうなると、万次郎はしつこい。楢崎の本心を聞き出すまで、決して諦めはしない。楢崎は、死にたいような気持ちで、ボソボソと白状した。

「お前は……俺しか見ていないはずなのに。いつも、宇宙でただひとり、俺が好きだと言いまくっているくせに……」

「うん」

万次郎は大きく頷く。楢崎は、万次郎と視線を合わせず、明後日《あさって》の方を向いて消え入りそうな声で続けた。

「カレンダーに出るのは、世話になっている商店街のためだと思って、別に腹も立たなかった。半裸も、働く男の身体を写したいというコンセプトはいいと思ったから、まあ許容した。……実際、お前の写真も、いいと思った。カメラマンの腕もいいんだろうが、お前もいい面構えに、いい身体つきになったと……思わないでもなかった」

「……マジで……!?」

信じられないようなことを聞いたという面持ちで、楢崎の膝に置かれた万次郎の両手にぐっと力がこもる。楢崎は、ミリ単位で小さく頷いた。

「だが、ローカル局とはいえ、テレビカメラを通して、不特定多数の人間に嬉しそうに半裸を晒すとは、何ごとかかと。まして、あんなくだらん女を抱き上げて、やりたい放題に触らせて楽しげに笑っているとは、いったいどういうことなのかと」

「……せんせい……」

「それが、念仏のようにいつも、自分は俺だけのものだとみずから言い続けている奴のすることかと！　そう思ったら、腹が立って……。弁当を見るとお前を思い出してイライラするから、食えなかった。お前の顔を見るのが嫌で、したくもない残業をした」

「じゃあ……俺のメールにも電話にも反応がなかったのは……」

「お前に所行に、腹を立てていたからだ。その……昼間のことは、お前が前もって番組の制作サイドと打ち合わせをして、やりたいからやったのだと……思っていたから」

「先生……。先生、それって」

万次郎は、半分魂の抜けたような顔で楢崎を見つめていたが、やがて、そっと片手を伸ばし、楢崎の頬に触れた。暑いところで寝ていたし、怒って血圧が上がったのだろう、楢崎の頬はうっすら赤らみ、熱かった。

「……なんだ」

「それって、先生は、俺に、先生のものでいてほしいって思ってくれてるってこと？」

「……ッ！　な、なんだってそうなる⁉」

「どう考えたって、そうなるよ？　俺が他の人に裸見せたり、触らせたりしたのが嫌で、腹を立ててくれたんでしょ？　それって、そういうことは先生だけにしろってことだよね？」

「うっ」

自覚していなかったそんな思いを、当の本人にこの上なくクリアに分析され、シンプルな言葉で突きつけられて、楢崎は珍しいほど狼狽する。

「そ、そ、そ、それは……っ」

「俺の勘違い？　だったら訂正してよ」

「い……いや、だが、いや、うう」

万次郎の指摘を動揺しながらも心の中で噛みしめてみると、つまり、昼からの自分の怒りの正体は独占欲と嫉妬以外の何物でもないと、楢崎は初めて気づいた。

「馬鹿な……」

「いや、俺はバカだけど、今度ばっかりは、間違ってる気がしないんだけど」

「………」

楢崎は、目を閉じて深い息を吐いた。

ヤキが回った、と心の中で苦々しく呟く。

最初は同情して居候させてやっただけの万次郎の存在が、日に日に大きくなってきていることは、自覚していた。

男でありながら、同じ男に抱かれる立場に徐々に抵抗を感じなくなっていることにも、心のどこかで気づいていた。

だがそれは、家事全般を引き受けてもらっている負い目があるからだと、ずっと自分を偽り、万次郎が自分の愛情を求めず、一方的に尽くしてくれるのをいいことに、本当の気持ちから目を背け続けてきたのだ。

そのツケが、今日、一度にやってきてしまった。

最後の砦《とりで》ともいうべきプライドが邪魔をして、万次郎に「好きだ」とは言えそうにない。だが、そろそろ認めざるを得ないだろうと、楢崎の心の奥底で、ずっと意地を張ってきた小さな自分が、虚《むな》しく白旗を揚げているのがわかる。

その、心の中の自分の言葉を借りて、楢崎は目を閉じたまま口だけを開いた。

「二度とするな」

「え？」

万次郎はポカンと口を開け、楢崎の次の言葉をじっと待つ。楢崎は、噛みしめるように一言ずつ、ハッキリと言った。

「俺は、お前に何一つ将来の約束はできん。だが、今の俺にとっては、お前がいない生活など……ありえない」

「！」

目を閉じていても、万次郎がヒュッと息を呑むのがわかった。

「先生！」

「黙って聞け」

感極まった声を出す万次郎をピシャリと叱って黙らせ、楢崎はありったけの気力を振り絞り、どうにかこれだけ言った。

「これまでどおりここにいたいなら、お前は、ずっと俺のものでいろ。いくら世話になった人たちのためとはいえ、他の誰かに触れさせたりするな。あんなことは、二度と許さんぞ」

とにかく、今言える精いっぱいの正直な気持ちを吐き出し、楢崎はゆっくりと目を開けた。

その瞳《ひとみ》に映ったのは、泣き笑いのせいで、物凄い変顔になってしまっている万次郎だった。

「俺は、先生がもう要らないって言ったって、ずーっと先生のものだよ？」

神聖な誓いのようにそう言って、万次郎は楢崎のスラックスの膝に頬をすり寄せた。そうしておいて、両腕で楢崎の腰を優しく抱く。

「まんじ……」

「でも、先生がそうしろって、俺が先生だけのものなのがいいって、そう言ってくれる日が来るなんて、思わなかった。今、俺、すっげー嬉しい。夢見てんのか、もう死んじゃってんのかと思うくらい、嬉しい。信じられない」

「……大袈裟だ」

「大袈裟じゃない！　俺にとっては、今、人生でいちばん嬉しい瞬間だよ！」

怒鳴るくらいの大声でそう言って、万次郎はすっくと立ち上がった。その勢いのまま、今度は楢崎の首っ玉に抱きつく。脱力しきった身体では万次郎の大きな身体を受け止めきれず、楢崎はそのままベッドに倒れ込んだ。

全身で感じる万次郎の体温と質量が……いつもは鬱陶しく思うそれらの要素が、今日は妙に嬉しい。万次郎が自分のものだと実感しただけで、全身が隅々まで生気で満たされた気がする。

「……重い」

それでも意地っ張りな心が言わせた文句に、万次郎は涙声で小さく笑った。

「ごめん。……やっぱ、ごめんなさい。先生、俺のこと、もっと怒ってもいいよ。殴ってもいいよ？」

「なぜだ。俺が勝手に、お前の心根を誤解していただけだぞ」

「それでも、俺があんなことしたせいで、先生が傷ついたのなら、俺が悪い。先生を勘違いさせたのは俺だから、やっぱり俺が悪い。先生の気が済むようにして？」

楢崎を組み敷いたまま、万次郎はそんな殊勝なことを言う。

「……この体勢でか。ふざけるな。やはりお前は馬鹿だな」

悪態スレスレの台詞を、しかし今はどうしようもなく笑いの滲んだ声で吐き捨て、楢崎はみずから万次郎の太い首に腕を回した。

「なら、お前が俺だけのものだと、とっとと証明しろ。ただし、お前のためにシャワーを浴びてやる気などさらさらないから、今の俺は相当に汗臭いぞ」

そう言うと、万次郎は涙に濡れた顔のままで、幸せいっぱいに笑った。

「そんなの、俺だってだよ。冷や汗びっちょり。……でも、頑張る。頑張って証明する。俺は、頭のてっぺんからつま先まで、ぜーんぶ先生のだよ」

そう言うと、万次郎は楢崎が憎まれ口を叩く前に、その唇を自分の唇で塞いでしまった。

「んっ……ふ」

深いキスを何度も重ねながら、楢崎のワイシャツに手をかける。だが楢崎は、その手を優しく振り払い、自分の手でボタンを外し始めた。

脱がされるのではなく……もっと言えば、万次郎に求められて応じるのではなく、今夜は自分の意志で万次郎を求めるのだと、そんな意志を行動で示されて、万次郎は思わず自分の股間《こかん》を押さえた。

あまりにも感動しすぎて、そこがまだ下着の中にいるにもかかわらず、物凄い勢いで存在を主張し始めたからだ。

「いて……いててて」

暴れるものを締めつけるジーンズを、万次郎も慌てて脱ぎ始める。二人はそれぞれ服を脱いで、再び抱き合った。部屋の灯りを落とさないままなので、互いの身体がよく見える。楢崎に覆い被さる万次郎の身体は、カレンダーやテレビで見たのと同じ、均整の取れたたくましい、大人の男の身体だった。

「……いつの間にか、こんなになりやがって」

同性としての悔しさと賞賛が入り交じった声で呟き、楢崎は万次郎の肩に噛みついた。お返しとばかりに、万次郎は楢崎の細い首筋に優しく歯を立てる。まるで、肉食獣が細心の注意を払って兎《うさぎ》と戯れているような仕草だ。

「ホントだ……。いつもはボディソープのいい匂《にお》いなのに、今日は先生の汗の臭《にお》いがする。でも……俺、この臭い好きだよ。すっげー、ここに来る」

楢崎の首筋に顔を埋め、万次郎はそんなことを言った。そして、楢崎の手を取ると、自分のものにそっと触れさせる。そこはもう、下腹部に先端を打ちつけるほど隆々といきり立ち、強く脈打っていた。

「……おい。こんなになって、保《も》つのか？　挿《い》れるなり果てられたら、たまったものじゃない。抜いてやろうか？」

そのあまりの力強さと大きさに気圧《けお》され、楢崎は思わず自衛の念でそう言ってみた。しかし万次郎は、駄々っ子のように首を振る。

「嫌だ。俺、今のこの気持ちのまま、先生の中に入りたい。頑張るから……できるだけ。それに、先生だって」

楢崎に自身に触れさせたまま、万次郎は楢崎の下腹部に手を伸ばした。男性にしては薄めの茂みの中から、楢崎のものも触れられることなく頭をもたげている。優しく数回扱《しご》いただけで、楢崎は息を詰め、彼のものも、万次郎の手の中でたちまち熱く、固く姿を変えた。

「……だったら……早くしろ」

楢崎は、みずから膝を立て、間にある万次郎の腰を強く挟みつける。その積極的な催促に、万次郎はゴクリと喉を鳴らした……。


「……くっ、う、おま、え、馬鹿ッ、ちょっと……自重、しろっ」

性急に後ろを慣らしたあと、体内に押し入ってきたもののあまりのボリュームに、楢崎は苦悶と悪態が入り交じった声を上げた。

いつもより興奮の度合いが高いせいか、ただでさえ楢崎の身体にはいささか手に余る万次郎の楔が、今日はさらに猛々《たけだけ》しい。しかし、ゆっくり挿入を果たそうとしている万次郎のほうも、楢崎のいつもより強い締めつけに、たまりかねて呻いた。

「うっ……せ、先生も……今日、きつい……っ」

「違う、お前が……っ」

「両方、だって、ば！」

不毛な口論をしながらも、楢崎は必死で呼吸を整える。熱い肉の襞が、徐々にやわらかく万次郎を包み、受け入れた。

「ヤバイ……。先生、お願いだからしばらく動かな………ぎゃッ」

動かないでと言われても、内臓を押し上げるような侵入者を、ぼんやりとただ放置していることなどできはしない。思わず締めつけてしまった楢崎に、万次郎は悲鳴と共に、身を震わせた。

ドクン、ドクンと、楢崎の身体の奥深い場所で、万次郎が極まったのがわかる。楢崎は苦笑いで万次郎をからかった。

「だから言ったろう、一発抜いてやろうかと。……これで、いったい何を証明したつもりだ？　これでは……あッ」

しかし、意地悪な揶揄《やゆ》は、途中で阻止された。一度達したものの、楢崎の体内で、万次郎はまったく勢いを失っていなかったのである。ズル、と動かされ、楢崎は内部の敏感な場所を擦られて、無防備な嬌声を上げてしまった。

「だ……い、じょうぶ！　俺、まだいける！」

「この……体力馬鹿め……っ、ん、あ、はっ」

楢崎の手を自分の背中に回させて、万次郎は緩やかに抽挿《ちゆうそう》を始めた。もう何度となく行為を繰り返しているので、楢崎の弱いところが、どちらかというと浅い場所にあることを、万次郎は身体で覚えていた。

優しく抜き差ししてやると、楢崎の身体が反り返る。決して痩軀ではなく、かといって無駄な肉もついていない、綺麗に薄い筋肉を纏った身体だ。筋肉の鎧《よろい》を着たような自分の身体より、万次郎は、楢崎のこのしなやかな身体がたまらなくいいと思う。

「先生……触って。俺のこと。全部、先生のものだから」

「ん……っ」

緩急をつけた巧みな突き上げに翻弄され、喘《あえ》ぎながらも、楢崎は万次郎のたくましい腕に触れた。皮膚の下に、筋肉の辺縁がハッキリと触れられる。

腕から肩、そして、張りのある胸……。半ば無意識の行為であるが、昼間、あの女性タレントが触れた痕跡を消すように、同じ場所を、楢崎の手が撫でていく。

「せ、んせ……っ、手、ヤバイ……。気持ち、いい」

万次郎は、動きを止めることなく、上擦った声で言った。

「あの人に触られたときは、嫌すぎて鳥肌立ってたけど……同じとこ……先生に触られると、よすぎてゾクゾクする。俺、二度目でも……たまんないかも」

それに楢崎が応えるより早く、万次郎の突き上げが深くなった。自分の快感を素直に追い始めた証拠だ。しかし、楢崎のことを置き去りにするつもりはさらさらないらしく、大きな手が、しばらく放っておかれた楢崎のものに触れた。流れる先走りを絡め、万次郎の手は滑らかに動き、楢崎を追い上げていく。

「う、あ、あっ……ぁ」

次第に単調になる、楢崎の声。そして、絡み合う荒い吐息。

「まんじ……っ、もう……！」

「いいよ。いって」

掠れた野性的な声で囁き、万次郎は、限界を訴える楢崎の芯《しん》を、ひときわ強く扱き、先端にやわらかく爪を立てた。

「あ……ああっ……」

掠れた声を上げ、楢崎の身体が強張る。絶頂を迎えた内壁は、お前も、と言う代わりに、みずからを穿つ万次郎のものを優しく、しかし絞り込むように締め上げる。

「……くッ」

二度目の熱を放ち、万次郎の身体がゆっくり弛緩《しかん》する。入り交じった互いの汗の臭いを嗅《か》ぎながら、楢崎は倒れ込んできた万次郎を受け止め、自分にすら聞き取れない声で、「俺のものだ」と呟いた……。

「あっ、そうだ。先生、スポーツドリンク、とにかく飲んで！　ますます脱水症になっちゃうよ！」

荒い息が収まり、エアコンの涼風に汗が引き始める頃、万次郎はハッと我に返ってペットボトルを取り、楢崎の鼻先に突きつけた。

「……ああ、少し頭がクラクラするのはそのせいか」

内科医とは思えないコメントを口にして、楢崎はペットボトルを受け取り、中身を一気に飲み干した。砂漠に降った雨のように、水分はたちまち粘膜から吸収されていく。

「大丈夫？」

「シャワーを浴びる前に、もう一本飲む。それで大丈夫だろう」

「だったらいいけど……俺、ちゃんと証明できた？　俺が先生のものだって」

「……まだだ。まだ足りない」

ペットボトルをサイドテーブルに戻し、眼鏡をヒョイと取ってかけ、楢崎はニヤリと笑った。いつもの余裕を取り戻した表情だが、どこかに、まだ照れくさそうな微かな歪みがある。

「えええ⁉　俺、どうしたらいいの」

たちまち泣きそうな顔になった万次郎に、楢崎はぶっきらぼうに言った。

「飯」

「へ？」

「飯だ。俺は昼飯も食っていないし、晩飯も食っていない。いくらまだ食欲がない時期だといっても、空腹で倒れそうだ。……心だけでなく、胃袋も満たされる必要がある」

楢崎の言葉の意味を理解するなり、万次郎は素っ裸でベッドから飛び降りた。手にはトランクスを持っているものの、足を通す心の余裕がまだないらしい。

「了解っ！　俺、すぐ晩飯の支度するから！　先生はシャワー浴びてきて！　スポーツドリンクは、すぐに脱衣所に届けるから！　上がってくるまでに、絶対、旨いもの作るからね！」

そう言い終える前に、万次郎の裸体は寝室から消えていた。もはや誰もいない間口をぼんやりと眺めつつ、楢崎は手櫛《てぐし》で乱れた髪を整えた。そして、バスルームに行くべく、これまた全裸でベッドを降り、二人分の衣服が散らばった床を見下ろして苦笑した。

「俺が自分のものにしたい男は……その百倍、俺のものでいたいらしい。まあ、それなりに悪くない話だな」

そう呟いて、楢崎は軽くふらつきながらも満足げな面持ちで、バスルームへと歩いていった。

＊　＊

そして、次の土曜日。

この夏をどうにか乗り切りつつあるお疲れ会と、万次郎の写真が載ったカレンダーが評判になったお祝い会を兼ねて、楢崎と万次郎、茨木と京橋の四人は夕刻、マンションの屋上に集まっていた。

彼らが暮らすマンションには、屋上に立派なＢＢＱコーナーがある。花火も許可されているため家族連れに大人気で、その日も数組が広いスペースのそこここに集っていた。

「はあ、さすがに夕方になると、いい風が吹くようになってきたな」

屋上の高い手すりに両手を置き、京橋は風の匂いを嗅ぐ鹿のように、顔いっぱいで涼しい風を受け止めた。そんな京橋の隣で、茨木も気持ちよさそうに伸びをする。

「ようやく、厳しい夏にも終わりが見えてきましたかね。今日は湿度も低いので、気持ちのいい夕暮れです」

「うん、ホントだな」

「ほら、空にも秋の雲が」

茨木が指さす夕暮れ空には、小石をばらまいたような雲が浮かんでいて、それがオレンジに染まっているのがなんとも美しい。

「ホントだ。うろこ雲とか、ひつじ雲とかいうんだっけ。綺麗だなあ」

「ええ。今だけの絶景ですね」

「あっ、下も綺麗だ。建物が全部夕焼け色に染まってる」

「ああ……。本当ですね。この世界は美しい場所と実感しますね」

「ホントだよな」

空を眺め、町並みを見回して夕涼みを楽しむ二人の背中に、尖った声が浴びせられる。

「おい。何を優雅に過ごしてる。少しは手伝え」

声の主は、もちろん楢崎である。

しかし、楢崎自身はこれといって仕事をしていない。コーナー備えつけの樹脂製の椅子にどっかと座り、テーブルの上のソーセージと野菜をダラダラと串《くし》に刺している程度だ。とはいえ、料理などまったくしない楢崎だけに、そんな作業に手をつけるようになっただけでも、大きな進歩と言わなくてはなるまい。

せっせと働いているのは、万次郎のほうだった。

両手に軍手を嵌《は》め、点火した着火剤の上に炭を小さな山の形に組んで、団扇《うちわ》を巧みに使いながら火種を育てている。いくら夕風が涼しいといっても、火の前にいる万次郎は、早くも汗びっしょりだった。

「ああ、ごめん、間坂君。何すればいい?」

京橋は、少し慌ててグリルの近くへ行き、万次郎に訊ねた。

示し合わせたわけではないのだが、万次郎と似たようなカーキ色のTシャツとジーンズ姿の京橋がそこに立つと、二人して居酒屋の店員のように見えてしまう。

「あ、じゃあ、俺がこの火種の炭を広げて、上に新しい炭を足すから、思いきり扇《あお》いでくれる?」

「わかった! それにしても間坂君、火熾《ひおこ》しにやけに慣れてるな。定食屋で、炭火を使ったりするのか?」

　万次郎が手振りで教えてくれたとおりに、下のよく熾った炭に空気が十分回るよう、京橋はバタバタと勢いよく団扇を動かしながら訊ねた。首にかけたタオルで顔の汗を慣れた手つきで拭いながら、万次郎はあっけらかんと答える。

「ううん、さすがに定食屋で炭火焼きまではできないよ。これ、近くのうなぎ屋の大将に習ったんだ。こうすれば、火熾しなんて簡単だって。あ、もっと強く扇いでいいよ。そうそう、いちばん下の層に空気が届くように」

「うわっ!」

　万次郎の指示に従うと、上に積んだまだ黒い炭を舐めるように、下から勢いよく炎が立ち上る。京橋はビックリしてのけぞった。前髪がほんの数本焦げたのか、独特の臭いがした。

「ホントだ。あっと言う間に火がでかくなった。これ、上の炭に火がついたら、すぐ焼ける?」

「ううん。しばらく燃やして、炭の表面が白くなったくらいからが本番だよ。十五分か、二十分くらいかかるかな」

「そっか……。燃えてからが勝負なのか」

「古いパン窯《がま》なんかでは、薪《まき》を燃やし終えて、灰をかき出したあと、余熱でパンを焼くからな。同じことだろう」

二人の会話に割って入り、蘊蓄《うんちく》を披露しつつも、楢崎自身は熱を嫌ってグリルから距離を置いている。作業はどうにか終わったようだが、席を立つ気はないらしい。

「遠赤外線効果ですね」

そう言いながら京橋に近づいた茨木は、自分のタオルで京橋の顔を優しく拭いた。

「バーベキューを始める前に、あなたが焼き上がってしまいそうだ。顔が真っ赤ですよ」

「大丈夫だって。すっげー楽しい。何か、火を燃やすって燃えるよな。やっぱ、遠いご先祖のDNAの名残《なごり》かな」

「どうでしょう。僕は別に、火熾しに興奮は覚えませんが。でも確かに、火を見ていると豊かな気持ちにはなりますね」

そう言うと、茨木は自分も楢崎のいるテーブルへ行き、アイスバケットに入れてあったスパークリングワインの瓶を抜き出した。表面についた水を拭き取り、瓶を触って温度を確かめる。

「では、炭火が落ち着くまで、少し皆さんお手すきになりますね。ここで、乾杯といきましょうか」

「やった!」

万次郎と京橋も、火の傍を離れ、大きな丸テーブルの周りに集まった。

テーブルの上には、これから焼いて食べる肉や野菜の他に、前もって茨木と万次郎が作っておいたピンチョスやサラダが並んでいる。何につけても豪快な万次郎が作った、木綿《もめん》豆腐を手でちぎり、トマトや葉野菜、クルトンと合わせたワイルドなサラダと、仕事が細かい茨木が作った手の込んだおつまみは、好対照だった。

プシュッと微かな音を立てて栓が抜かれ、ワインボトルの口からは、細かな炭酸の霧がフワッと立ち上る。

茨木は、凍らせたミックスベリーを前もって入れておいた細いグラスに、白のスパークリングワインをソムリエ並にスマートな動作で注ぎ分けた。ベリーは氷代わりで、あとで軽くつぶして飲んでも旨いらしい。

グラスを取ると、皆の視線はごく自然に楢崎に集まった。こういう集まりのとき、乾杯の音頭を取る役は、いつしか楢崎に定着してしまったようだ。

四人の促すような視線を受けて、楢崎は小さな咳払いをしてから口を開いた。

「まあ、なんだ。この夏は、色々なことがあった」

そんな短いセンテンスに、他の三人が同時に頷いた。

「本当に、色々ありましたねえ。僕としては、あの病院での肝試しをこの夏いちばんの思い出に挙げたいところです」

そんな茨木の言葉に、「もう、その話はいいから！」と京橋はうっすら赤面する。

「あー、それ！　俺もその場に居合わせたら、幽霊だって腰抜かしてたかも」

「確かにあれは幕切れこそ呆気なかったが、それも茨木の的確な推理があってこそだった。そうでなければ、もっと騒ぎは長引いていたかもしれんな。自分の患者が幽霊騒ぎに巻き込まれたんだ、京橋にとっては忘れられない思い出になっただろう」

感心しきりの万次郎の言葉に、楢崎も珍しくストレートに茨木への賛辞を口にする。しかし、その言葉に京橋はますます顔を赤くした。

無論、楢崎は知らずに言っているのだが、「忘れられない思い出」という言葉に、あの夜、楢崎が去ったあと、ベッドではなくソファーとはいっても、病室で茨木と不埒《ふらち》な行為に及んでしまったことを思い出してしまい、いたたまれない気分になってしまったのだ。

しかも、共犯であるはずの茨木は、傍らで欠片も動揺せずにニコニコしているのだからたちが悪い。

「乾杯もまだなのに顔が真っ赤だよ、京橋先生。大丈夫？　さっき火の前にいたのがいけなかったかな。のぼせちゃった？」

万次郎に心配そうに顔を覗き込まれ、たまりかねた京橋は地団駄を踏みそうな勢いで声を上げた。

「大丈夫だよっ！　と、とにかく、その話からもう離れて。他にもあるでしょう、夏の思い出が！」

幸い、夏の思い出と聞いて、万次郎がすぐに反応した。

「ああ、うん！　俺的には、この夏は商店街振興プロジェクトに参加できたのが嬉しかったな。早速効果が出て、商店街のお客さんはずーっと増加傾向なんだって！　新しくできたマンションの人たちも、商店街を好きになってくれそう」

笑顔でそう言ったあと、万次郎はちょっと微妙な顔で、横にいる楢崎の顔色を窺った。

「ええと……それから……カレンダーとかも、けっこう前評判高くて、予約とか、思ったより物凄い数が来てるみたいで」

「……おい」

楢崎はジロリと万次郎を睨む。顔じゅうに「余計なことを言うな」と書いてあるのが茨木と京橋にも丸わかりなのだが、本人はそんなことに気づく気配もない。あくまでも万次郎だけにわかるサインを送っているつもりなのだ。職場ではいまだに「クール・ビューティ」でならしている彼だが、プライベートでは万次郎に影響を受けて、すっかり正直者になってしまったようである。

そんな楢崎に、茨木は笑いを微妙に嚙み殺し損ねた顔で言った。

「ええ、カレンダーのことは、我が社でも話題になっていましたよ。実際に発売されたら、商店街の知名度もさらに上がることでしょう。もちろん、間坂君がお勤めの『まんぷく亭』も、地域の有名スポットになるかもしれませんね。本当に量・味ともに大満足のお店ですから、一度来たお客さまは、きっとお馴染みになるでしょう。店員さんも素敵ですし、ね」

最後の一文には微妙に意地悪な響きを込め、茨木は楢崎を見る。だがムッとした顔で楢崎が何か言い返す前に、万次郎が屈託のない笑顔で言った。

「だったらいいな！　そしたら、お世話になってる『とことこ商店街』だけじゃなく、うちの店にも恩返しできるから、凄く嬉しい。あっ、でもカレンダーについては、いちばん見てほしいのは先生ってのはぶれないけどね！　先生にはナマの裸を見てもらえるから、そっちを評価してもらってもいいんだけど」

「お、おい、お前は何を……」

万次郎の人目を憚らないストレートな愛情表現に、今度は楢崎が目元を赤くして狼狽する番である。

「いいじゃん！　ホントのことだもん。ほら先生、挨拶、早く終わらせないと、せっかく冷やしたワインが温《ぬる》くなっちゃうよ」

悪びれない万次郎に促され、楢崎は今度は自分を落ち着かせるため、さっきより大きな咳払いをした。

「と、とにかく！　色々あったわけだが、無事に皆、酷暑を乗り切り、秋を迎えられることは喜ばしい限りだ。……これからも、仕事においてはそれぞれの分野で最善を尽くし、よい結果を出しつつ、健やかに年を越せるよう祈念して……乾杯！」

いささか堅苦しい挨拶ではあったが、それが楢崎なりの必死の照れ隠しであることは皆わかっている。

「乾杯！」

全員が笑顔で唱和してグラスを軽く合わせたあと、茨木は京橋を見て優しく微笑み、こうつけ加えた。

「そして次にこうして四人で食事をするときまでに、僕たち二組のカップルの絆《きずな》がより強くなっていますように」

そんな臆面もない台詞に、楢崎は「お前のところはともかく、俺とまんじはカップルじゃない！」と、いつものものはや意味のない抗弁を口にしようとする。だがそれより早く、万次郎が大きな目をキラキラさせて声を上げた。

「じゃあ俺も！　次んときまでに、先生に今よりちょっとだけでも惚れてもらえるように、男を磨けますように！」

「…………」

口を開けたまま固まった楢崎の肩を無言でポンと叩いて、京橋は力なく首を振る。

それぞれ、遠慮にも羞恥にも無縁の正直すぎる恋人を持った先輩後輩は、食事を始める前から軽く力尽きた顔つきで、吐き出し損ねた言葉を、よく冷えたワインで喉の奥へと流し込んだのだった……。

あとがき

こんにちは、樵野道流です。

今回から、ついにシリーズ表記が「いばきょ&まんちー」に簡略化されました！　読者さんがシリーズ名をどんなふうに略して呼んでくださっているのか、というのは常に気になるところですが、これは私の個人的な省略名です。どうしようもなく間抜けな感じですが、受け入れていただけましたら幸いです……！


今回、夏に出るんだから夏らしいネタがいいよねと、担当Sさんが元ネタをいくつか出してくださいました。それらを余すところなく活用し、さらにあれこれとつけ足して、こんなお話が出来上がりました。

私自身は夏が大の苦手で、だいたい夏場は人間の形状を保つので精いっぱいという体たらくなのですが、小説の中では、夏の風物詩というのはなんとも魅力的で困ります。

よく冷えたスイカ、薄着、花火、ＢＢＱ、肝試し……。花火以外は全部、作中の四人に体験させてやれて、作者としては大満足です。

花火も、作中ではそこまで書いていないだけで、さんざん飲み食いした後、「じゃーん、買っておきました！」ってまんじが花火パックを持ち出しそうな気がします。男四人できゃっきゃ花火……見たいような、見たくないような。

今回も、草間さかえさんには素敵なイラストをつけていただきました！　前作に続き、表紙には男四人をみっしり詰めていただいています。あの小さな空間に、幸せそうなカップルが二組いると、とても嬉しい気持ちになります。ありがとうございます！

そして、担当Sさんと、この本を手に取ってくださった皆さんにも、心いっぱいの感謝を。同じK医大シリーズのメス花は次で十冊目、このシリーズも、こつこつ積み重ねていきたいです。応援よろしくお願いいたします！

ではまた次作でお目にかかります。それまでどうぞ健やかにお過ごしください。

椹野　道流　九拝

本作品は書き下ろしです

樵野道流先生、草間さかえ先生へのお便り、
本作品に関するご意見、ご感想などは
〒101-8405
東京都千代田区三崎町2-18-11
二見書房　シャレード文庫
「夏の夜の悪夢　いばきょ&まんちー2」係まで。

CHARADE BUNKO

夏《なつ》の夜《よる》の悪夢《あくむ》　いばきょ&まんちー2

【著者】樵野道流《ふしのみちる》

【発行所】株式会社二見書房
東京都千代田区三崎町2-18-11
電話　03(3515)2311[営業]
　　　03(3515)2314[編集]
振替　00170-4-2639
【印刷】株式会社堀内印刷所
【製本】ナショナル製本協同組合

落丁・乱丁本はお取り替えいたします。
定価は、カバーに表示してあります。

ISBN978-4-576-13104-7

http://charade.futami.co.jp/